魔女の呪いは××をしないと解けません!?
～王さまとわたしのふしだらな事情～

Yuki Shirogane
白ヶ音雪

JN075491

Honey Novel

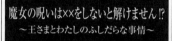

Illustration

DUO BRAND.

CONTENTS

プロローグ　昔々あるところで

その日、ルーナは見知らぬ場所をひとりで歩いていた。

目の前には見たこともないほど大きな白い建物があり、その周囲には色とりどりの花々が咲き乱れている。

木々は眩《まぶ》しいほどの陽光を浴びて葉を輝かせ、小鳥たちが可愛《かわい》らしい合唱を奏でていた。

けれど絵本に出てくる『お姫さまのお城』のような美しい情景も、少しも慰めにはならない。

なぜなら今、ルーナは親代わりの師とはぐれて、迷子になっているのだから。

――今日は師が、古くからの友人に会いに行く日だった。

いつもは留守番のルーナだったが、今日は生憎《あいにく》と子守役の都合がつかず、一緒に連れて行ってもらえることになったのだ。

嬉《うれ》しくて嬉しくて、うんとおめかしをした。髪をひとまとめにして、帽子を被《かぶ》り、花の刺《し》繍《しゅう》が施されたよそ行きの赤いワンピースを身につけて。挨拶の練習だって一生懸命した。

師の友人という女の人は、金色の髪をした、とてもいい匂いのする綺麗《きれい》な人だった。ルーナをしきりに可愛いと褒めてくれ、美味《おい》しいお菓子をたくさん食べさせてくれた。

それなのに、どうしてこんなことになったのだろう。

きっかけは、目の前をよぎる綺麗な蝶《ちょう》に気を取られたことだった。

(つかまえて、ししょうに見せてあげよう)

ルーナがひとりで蝶を捕まえたら、きっと師は驚いて、そして褒めてくれるだろう。とてもいい考えに思え、師が友人との話に興じている隙に、その場をそっと離れたのである。

絶対に側《そば》を離れてはいけないと言われていたのに、少しくらいなら大丈夫だろうとたかをくくったのがいけなかった。

夢中で蝶を追いかけ続けたルーナは、いつの間にか元いた場所から遠く離れ、帰る道すらわからないほど迷ってしまったのである。

「ししょう、ししょうー!」

何度か大声で叫んでみたが、一向に返事はない。

まだ五歳の少女にとって、この広大な庭園は出口のない迷路のようにも思えた。

(このままひとりぼっちで、誰にも見つけてもらえなかったらどうしよう)

食べるものもなく、寝る場所もなく、雨に打たれながら一生さまよう羽目になったら。

嫌な想像と共に不安がふくらんでいき、目の縁にじんわりと熱いものがにじむ。涙が一滴、ころんと頬を伝っていった、その時。

「君は誰?」

目の前に見知らぬ男の子がいて、驚いたような顔でルーナをまじまじと見つめていた。

明るい褐色の肌に、濃い紫の髪。仕立てのいい衣服を身に纏《まと》っている。

ルーナよりいくらか年上だろう。まだ幼いが凛《りん》とした目元が印象的で、町の子供たちとは明らかに雰囲気が違った。

「わ、わたし……」

名前を告げようと思ったのに、人見知りのせいで上手《うま》く言葉が出てこない。

けれど彼はそんなこと気にした様子もなく、優しい笑顔でルーナに近づくと、ポケットから取り出したハンカチを差し出す。驚いて何もできずに佇《たたず》んでいると、そのハンカチで目元を丁寧に拭ってくれた。

「母上か父上とはぐれた？」

膝をついて視線を合わせながら、男の子は迷子のルーナを怯《おび》えさせまいとするような、優しい声で問いかける。

(知らない人としゃべっちゃ駄目ってしょうは言ってたけど……。このおにいちゃんなら、大丈夫だよね)

相手が子供ということもあり、ルーナはたちまち警戒を解いた。

「ううん……ししょうと……。わたしは魔女みならいなの」

「魔女？　それじゃ、僕の母上のお客さんかな。母上も魔女なんだ」

「だったら、ししょうと一緒にいる女の人があなたのお母さんかもしれない」

師は、旧友も魔女なのだと言っていた。だから、もしかしたらこの男の子は、あの綺麗な女の人の息子かもしれない。

「大丈夫、僕が君のお師匠さまのところに連れて行ってあげるよ。あ、でも、僕と一緒にいたことは秘密にしておいてほしいな」

「どうして？」

「勉強が嫌で、怖い家庭教師から逃げてきたんだ。ここにいたことが知られたら、母上から怒られちゃう」

ルーナも勉強が苦手だから、彼の気持ちはよくわかった。

だから小指を絡め合い、上下に軽く揺する。

「わかった。内緒にするって約束する」

「ありがとう」

男の子は悪戯《いたずら》っぽく笑うと、ルーナの手をぎゅっと握って歩き出した。

師とふたり暮らしで、自分と同じ年頃の子供と滅多に遊んだ経験のないルーナは、その手の感触にドキドキしてしまった。

自分の手と全然違う。大きくて、少しだけ硬くて、そして骨張っている。

「君はどうして、お師匠さまとはぐれたの？」

「綺麗なちょうちょを見つけたの……。ししょうにも、見せてあげたくて……。ししょうに、怒られないかなぁ」

ふたり並んで歩きながら、ルーナはぽつりと零した。

師は思いやり深く面倒見もいいが、怒ったらとても怖い人なのだ。もちろん、言いつけを破って側を離れた挙げ句、迷子になってしまったのだから怒られても仕方がないことはわかっている。

ルーナが本当に怖いのは、師に嫌われてしまうことだ。

「悪い弟子だって思われて、おうちから追い出されたらどうしよう……」

考えるだけでまた涙がにじんで、目の前が霞《かす》む。すると黙って聞いていた男の子が突然、ルーナの頭を撫《な》でた。

「大丈夫だよ、心配しないで。君のお師匠さまも、わけを話せばきっとわかってくれるよ」

「……ほんとうに？」

「うん、本当に。それに、こんなに可愛くて優しい子を、追い出したりするはずがないよ」

慰める彼はまだ子供なのになんだかとても大人びて見えた。可愛いと褒められたことに、なぜか頬が熱くなってしまう。

（へんなの……）

どうして自分がそんな反応をしてしまうのか、幼いルーナは見当もつかなかった。

「証拠を見せてあげる。ほら、こっちだよ」

連れて行かれたのは、すぐ側にあった薔薇《ばら》の生け垣だった。彼がその陰からそっと身を乗り出したので、ルーナもそれに倣う。

すると視界に、見覚えのある光景が飛び込んできた。大きな噴水と、お茶会の用意がされた白いテーブルだ。

その傍らには師の姿があり、懸命にルーナの名を呼んでいる。必死な表情からは、ただ純粋に焦りと不安が窺《うかが》えた。

「あの顔を見てごらん。あんなに心配してくれる人が、君のことを追い出すわけないだろ？」

「うん……！」

力強い言葉に、自然と笑みが零れる。

男の子も釣られたように笑い、ルーナの背を軽く押した。

「ほら、行っておいで。お師匠さまのことを安心させてあげるといいよ」

掌《てのひら》から勇気を分けてもらえたような気がして、ルーナはおずおずと足を踏み出した。数歩ほど歩いたところで師が気づき、ぱっと駆け寄ってくる。

「ルーナ！」

叫ぶような声に、怒られるかと思って身構えた。けれど師はルーナの許《もと》までやってくると、両手を広げてきつくルーナを抱きしめる。

「心配したじゃないか。一体どこに行ってたんだい」

霞んで震える声に、どれほど師が心配してくれていたかを知った。

「ごめんなさい、ごめんなさい、ししょう」

ようやく師と再会できた安堵《あんど》に、ルーナは声を上げて泣いた。

——やがて泣きやんだ後、しっかり叱られてしまったけれど、もう嫌われるなんて心配はしなかった。男の子の言葉が、ルーナに勇気を与えてくれたのだ。

「でも、よく戻ってこられたねぇ。こんなに広い庭なのに」

ひとしきりルーナを叱った後、師は少し優しい声で不思議そうに言った。

あの男の子がここに連れてきてくれたの——。

思わずそう言いかけ、約束を思い出して口を噤《つぐ》む。そっと生け垣のほうを振り向いたルーナだったが、もうそこに彼の姿はなかった。

(ありがとうって言いたかったのに……)

いつかまた、会える日が来るだろうか。そうしたらきっと、今度こそ、お礼を伝えよう。

そうして、こうお願いするのだ。

——わたしとお友達になってくれませんか……と。

一章　呪われ魔女はひっそり暮らしたい

【ある大魔女の手紙】

　親愛なる我が弟子ルーナ・ココへ

お前がこの手紙を読んでいる頃、私は既にこの世から姿を消していることだろう。

お前には黙っていたが、私は以前から病を患っていた。

どんな強力な魔法でも、どんな名医でも治すことのできない病だ。

だが、嘆くことはない。私が天国へ行けば、きっと神々は大喜びだ。何せこれほどの美女なのだからな。

愛するお前を残していくことは忍びないが、教えるべきことは全て授けたつもりだ。

お前の薬草作りの腕前は一流だ。私がいなくとも立派にやっていけるだろう。

それでは、お前の健康と幸福を遠い空の上から祈っている。

寂しくなったり、心に迷いが生じた時は、お前に贈ったイヤリングを眺めて私を思い出すといい。

我が心はいつもお前と共にある。

オーブ・ルー暦五年　花紅の月に

『世界一の美女』こと、二代目水晶の魔女ペッシェ・ブランより

※追伸

そういえばお前にかかった呪いの件で、告白しなければならないことがある。

実はあれは『異性とキスをしたら死ぬ呪いの魔法』ではない。

当時はまだお前が幼かったため、真実を言えなかった。詳しくは、書斎にある例の魔法書を確認してくれ。

◆◆◆

「ない、ない、なーいっ！」

書棚の中身を片っ端から引っ繰り返しながら、ルーナは嘆きの叫びを上げた。

床には何十、いや、何百冊という本が転がっている。

『魔女の薬草箱』

『これで今日からあなたも魔女！　～初歩魔法のススメ～』

『魔法大辞典』

いずれの題名を見ても、全て魔法にまつわる書物ばかりだ。

ここはアールベリー王国にある、小さな町エルドベア。その端に位置する、小さな小さな庵《いおり》である。

こんもりとしたキノコの笠を被ったような建物には、小さな丸い窓がひとつと、四角い扉がひとつ。

玄関扉には綺麗な木の実や鳥の絵が描かれた掛け看板があり、中央に弾むような文字で

『水晶の魔女の庵』と記されている。

扉から一歩中に足を踏み入れれば、天井には乾燥した花や薬草が吊《つる》され、戸棚にはぎっしりと大小さまざまな瓶が収められていた。

古い木の匂いが漂うこぢんまりとした庵に住むのは、三代目水晶の魔女ルーナ・ココ。御年十八歳の、うら若き乙女《おとめ》である。

「あぁもう！　どうしてなの？　これだけ探しても他の方法が見つからないなんて」

散らばった本を前に、ルーナは頭を掻《か》きむしる。何度もそうしたせいで水色がかった銀の髪は縺《もつ》れに縺れているが、梳《す》いている暇などない。

どうせこんな早朝に庵を訪ねてくるのなんて、馴染《なじ》みの客たちくらいなものだ。遠慮なしの相手に、身だしなみなんて気にしていられるものか。

それよりも今、ルーナはもっと重要な問題を抱えていた。

それは彼女を幼い頃から苦しめてきた、とある呪いについて。

「ううん……。こうなったらやっぱりあの方法しか――って、カロ、だめよ！」

同居人、ならぬ同居うさぎのカロが紙をむしゃむしゃ食べているのに気づき、ルーナは慌てて本を奪い去る。

読むのに問題はなさそうだったが、気づくのに遅れたせいで端が破れてしまっていた。

「もう、お腹《なか》壊しちゃうから紙は食べちゃ駄目だって言ったでしょ。ほら、後でキャベツあげるから、あっち行ってなさい」

不満げに鼻をひくひく動かす黒うさぎを手で追いやり、ルーナは天を仰ぐ。

「あぁぁぁ……。なんでこんなことになっちゃったの？」

淡い青の瞳に宿るのは、絶望一色だ。

またしても髪を掻きむしったその時、外から耳慣れた女性の声が響いた。

「ごめんくださーい。ルーナいる？　いつもの薬、貰《もら》いにきたんだけど」

返事をするより早く、ドアベルが鳴り響いた。

カランコロン。

軽やかな音と共に、華やかな美女が玄関から顔を出す。

彼女はエルドベアで一番人気の娼館《しょうかん》『赤いさくらんぼ亭』の店主だ。ルーナの得意客であると同時に、年上の友人でもある。

地味な衣服に包まれていてもわかるほど豊満な胸を揺らしながら入ってきた女は、足の踏み場もない床を見て顔をしかめた。

「うわっ、きたなっ。何これ」

「女将《おかみ》さぁん……」

「どうしたの、その頭！」

半泣きになりながら縋《すが》るように手を伸ばせば、女将が顔を引きつらせつつ後ずさった。

「もう、ちゃんと身だしなみくらい整えなさいって！　鳥の巣だってもうちょっとマシってもんよ！」

「だって……」

「だってじゃない。どうせまた例の呪いを解く方法でも探してたんでしょう。酷《ひど》い顔してるわ」

「そ、そんなに？」

手近にあった窓ガラスを覗《のぞ》き込《こ》めば、確かにそこには、青い目の下に黒々とした濃いクマを作った、死人のような顔色をした若い女が映っている。

（――うわっ）

自分のことながら、ちょっと引いてしまうほどの形相である。

いくらなんでもここまで酷い自覚はなかった。衝撃を受けていると、女将が呆《あき》れたような半笑いを浮かべる。

「ルーナったらホント諦めが悪いわね。もう無理だって。探すだけムダムダ」

「ムダじゃありません！　こっちは人生がかかってるんです！　真剣なんですよっ」

「いや……真剣って言われたって、そんな深刻な呪いでもないし」

「何言ってるんですか！」

勢いをつけて立ち上がり、半笑いの女将に詰め寄る。

「何を！　どう考えたって！　深刻極まりない呪いじゃないですか！」

詰め寄るついでにドン、とテーブルを叩《たた》けば、はずみで花瓶が倒れ中身が零れてしまった。急いで元に戻したが、テーブルの上は水でグショグショになり、ほとんどの花は花弁が散った無惨な状態と化す。

「あぁっ、水が……雑貨屋のお兄さんに貰ったリナリアの花が……！」

「まったくそそっかしいわね。本はアタシがチャチャッと片してあげるから、アンタはテーブルの上をどうにかしなさい。ほら、早くしないと床に水が垂れて大惨事よ」

女将に促され、ルーナは慌てて台所へ飛んでいった。

散らばった花弁ごと布巾で水気を拭き取り、花瓶には改めて水を入れ直す。

辛うじて無事だった二輪の花を挿し、テーブルを二度拭きし終える頃には、床に散らばった本の三分の一ほどが綺麗に片づいていた。

「手伝わせちゃってごめんなさい。すぐにお茶を用意するから、座っててください」

「水くさいわね、アンタの散らかし癖もそそっかしいところも、今に始まったことじゃないでしょ。こっちはアンタが赤ん坊の頃から世話してるんだから、今更遠慮なんかしないの」

見た目はまだ二十代の女将だが、実際の年齢はルーナも知らない。

ただ、ルーナが赤子の頃には既に娼婦として働いていたというのだから、なんとなく想像はつく。怖くて確かめたことはないが。

「あら、これまだ持ってたの？　懐かしい」

片づけの合間に本棚から女将が懐かしげに取り出したのは、子供向けの絵本である。

『森の王さまゴリドーン三世と愉快な仲間たち』。

表紙には王冠を被ったゴリラと、その周囲を囲むクマやリス、鹿に小鳥などさまざまな動物たちが描かれている。シリーズもので、『森の王子さまゴリドーンと頼もしい仲間たち』から数えると、全十五巻の大作だ。

「もうボロボロだけど、お師匠さまが何度も読み聞かせてくれた思い出の品だから、どうしても手放せなくて……」

「アンタ、このお話大好きだったものねぇ。将来ゴリドーン三世のお嫁さんになる修業だって、ペッシェに、ダンスやらマナーの練習つけてもらってたっけ」

「そ、そんな昔の話、もう忘れてくださいってば！」

からかわれて、頬がかっかと熱くなる。

確かにルーナはゴリドーン三世が好きだったけれど、その理由は、あの男の子に似ていたからだ。

悪戯っぽい笑みや、潑剌《はつらつ》とした明るさに、凜々《りり》しい佇まい。そして、見知らぬルーナに優しくしてくれた、思いやり深さ。

（あれがわたしの初恋だったのかもしれない……）

あの場所が王宮で、あの綺麗な女性が王妃だと知ったのは随分後になってのことだった。

その事実を鑑みるに、もしかしたらあの男の子は王子だったのかもしれない。

とはいえ、彼がどこの誰だったのか、確かめる術《すべ》はもうない。

名前を聞く前に彼はいなくなってしまったし、あの翌年に王妃が亡くなってしまってからというもの、王宮へ連れて行かれることは二度となかったから。

ペッシェについてあの場所へ行けば、またあの子に会えるだろうかと思っていただけに、幼い頃のルーナは心の中で密《ひそ》かに落胆していた。

「しかしまあ、あんなに小さかった子が、もうこんなに立派になっちゃって」

女将がしみじみと目を細める。その眼差《まなざ》しは、さながら母親のような親しみと感慨に満ちていた。実際、ルーナにとって女将は師ペッシェと同じく、育ての親とも言うべき存在だ。

——今から十八年前の話である。

ある冬の早朝、大魔女ペッシェ・ブランの庵の前に、ひとりの赤子が籠に入った状態で置き去りにされた。

外から聞こえてくる泣き声に気づいたペッシェが慌てて保護し、官憲に届け出たものの、出自についてとうとうなんの手がかりも見つけることはできなかったそうだ。

普通なら孤児院を頼るところだが、偶然にもその赤子は生まれつき魔力を持っており、ちょうど後継者を探していたペッシェにそのまま引き取られることとなった。

それがルーナだ。

捨て子に名を与え、家を与え、一人前の魔女として育ててくれた師には本当に感謝してもしきれない。

ただしそこでひとつ、問題が起こった。貴族出身の、元お嬢さまだったせいだろう。ペッシェの育児能力は皆無だったのだ。

「ペッシェが赤ん坊を引き取るって言い出した時は、本気で驚いたわ。心配になって様子を見に行ったら、案の定、沸騰させた山羊《やぎ》のミルクをティーカップで飲ませようとしてて。慌てて止めたのよね」

「あの時の女将さんは悪魔みたいに恐ろしい顔してたって、お師匠さまもよく笑い話にしてましたね」

「笑い事じゃないわよ！　あの後、雑貨屋の奥さんや産婆さんが赤ちゃんの世話の仕方を教えてくれたからよかったものの……」

本を書棚にてきぱきしまいながら、女将が呆れた口調で当時の思い出を語る。その眼差しは、過ぎ去った昔を懐かしむかのように、実に優しげだ。

当時まだ一介の娼婦だった女将は、仕事の合間を縫ってはルーナのための肌着や襁褓《おしめ》を縫い、休日になると俺を訪れ世話をしてくれたそうだ。

大雑把で博打好きで大酒飲み。基本的に魔法以外はてんで駄目なペッシェの許でルーナが無事に育ったのも、女将の協力があってこそだろう。

「女将さん、お茶が入りましたよ」

感謝の気持ちを込めて丁寧に淹《い》れたのは、庭で育てた薬草を使ったハーブティーだ。お茶請けに手作りのビスコッティを用意し、小さな丸椅子に女将を促す。

ポットからカップにお茶を注げば、ふんわりと薫る湯気に、女将が花のかんばせをうっとりと綻ばせた。

「あら、いい香り」

「今日は、疲労に効く薬草をブレンドしてみました。どうぞ召し上がれ」

ルビーミントとムーンローズ、そしてレモンフラン。月の光をたっぷり浴びた角砂糖をひと欠片《かけら》溶かせば、優しい甘さが疲れを癒やしてくれる。

仕上げにルーナの魔力を少し込めた、魔女の特製ハーブティーだ。

薄緑の液体をひとくち飲むなり、女将がほうっと溜息《ためいき》をつく。

「ルーナはさすがね。ペッシェの入れたハーブティーは、泥水みたいな味がして、逆に具合が悪くなるくらいだったもの。弟子のほうは優秀でよかったわ」

「わたしは薬草学以外がまったく駄目ですから。お師匠さまと違って、薬を作る以外に魔女らしいことはできませんし」

ペッシェはふたつ名を『時空の魔女』といい、時のことわりに干渉する魔法を自在に操ることができた。

かつての大魔女のように、過去と現在を自在に行き来するほどの魔力はなかったものの、近現代の魔女の中では間違いなく十指に入るほどの実力者と言えるだろう。

しかしそんなペッシェでも、薬作りの腕前は本当に酷いものだった。

ルーナも体調不良の際、何度か師の作った薬を飲んだことがあるが、毎回大変な目に遭った。

副作用で髪が虹色に染まったり、味覚が完全に逆転したり……。犬の言葉しか喋《しゃべ》れなくなった時は一生このままかと思い、文字通りワンワン声を上げて大泣きしたほどだ。

幸いにして症状はどれも三十分ほどで治まったが、ペッシェは毎回、面白がって笑い転げていた。

その件に関しては、今でも思い出すたび恨み言を並べたくなる。

といっても、本人が空の上では文句の言いようもないが。

「薬作りの腕前さえ立派だったらいいのよ。アンタの薬、うちの若い娼婦たちにもすごい人気よ。どんな下手《へた》くそな客相手でも、ヌレヌレでウルウルになるってさ」

「そ、そうですか」

「お客さまも、あんなにビンビンになったのは二十代の頃以来だって喜んでたわ。おかげさまで商売繁盛、助かってるわ」

「は、はい。それは何より、です。はは……」

あけすけな言葉に、ルーナは必死で平静を装おうとした。

しかし熟れたホオズキより真っ赤な顔色が、初心《うぶ》な少女の努力を無駄にする。

「あ。そういえばアンタ、まだ処女なんだったわね」

ごめんごめん、と女将がバシバシ背中を叩いてくるが、わかっているならそんな大声を上げないでほしい。

「それにしても娼館に媚薬《びやく》を卸してるくせに純情な魔女なんて、三毛猫の雄くらい希少価値が高い生き物だと思うのよね」

喩《たと》えが絶妙にわかりにくいが、女将の言うことはあながち間違いではない。

本来魔女の媚薬というものは、作った本人が効果を確かめてから売りに出すものだ。

そして薬効を確かめるためには、当然その相手をする異性の存在が不可欠である。そのせいか、魔女は世間の人々と比べて貞操観念が緩く、一夜の相手と割り切った関係を結ぶことを好む傾向にあるらしい。

「まあ、ルーナには呪いがあるから無理よね。ええと、〝異性とキスをしたら、死ぬ呪い〟？　それとも〝異性とえっちしたら死ぬ呪い〟だったかしら」

「……どっちも違います……」

テーブルに額をめり込ませながら、ルーナは地の底を這《は》いずるような声で答えた。

あれは十年ほど前、ルーナがまだ六、七歳の頃の話である。

好奇心旺盛な子供だったルーナはペッシェの言いつけを破り、彼女の留守中に書斎へ侵入した。

そこでルーナはとんでもない不幸に見舞われることとなる。ペッシェ以外誰も開けないよう術が施されていたはずの『呪いの本』の封印が、なんの偶然か解けてしまったのだ。

「あれが呪いの本だって知ってれば、片っ端から呪文を唱えてみるなんて馬鹿な真似《まね》、絶対にしなかったのに！」

当時覚えたての魔法文字を読めるのが嬉しかったからと、調子に乗りすぎたのだ。

ゴン、ゴン、とテーブルに額を打ちつけながら叫べば、女将が若干表情を引きつらせつつ止めに入る。

「ちょ、ちょちょちょ、嫁入り前の顔を無闇やたらに傷つけるんじゃないわよ。昔の過ちのひとつやふたつ、誰にでもあるって。アタシだってムカつく客の服に毛虫忍ばせておいたことあるし！　前の女将さんが隠し持ってたお菓子を盗み食いしたこともある！」

「無理に慰めようとしなくていいです……」

八つ当たりだと知りつつも女将を睨《にら》み、ルーナは重い溜息をつく。

――あの日。

未熟な魔女見習いの唱えた呪文は対象者がいない室内で、そのまま術者本人に跳ね返った。

しゃっくりの音が蛙《かえる》の鳴き声になる呪い。笑顔と怒り顔が逆になる呪い。靴を左右あべこべに履かなければ気が済まない呪い。

そのほとんどは悪戯っ子を懲らしめるような、すぐに解ける簡単なものばかりだった。が、その中で唯一、あの稀代《きたい》の大魔女と呼ばれた師ペッシェにも解けない呪いがあった。

『——なんてことしたんだい、この馬鹿弟子！』

帰宅したペッシェは弟子の失敗を知り、雷とげんこつを落とした。そうして恐怖で泣き叫ぶルーナに、この世に存在する解呪の方法を片っ端から試した結果、それら全てが無効だと悟ったのだ。

『お前が自分にかけたのは、異性とせ……。ええと、そ、そう。〝異性とキスしたら死ぬ呪い〟だよ』

今にして思えば、あの時の師は不自然なほどに目が泳いでいたし、歯切れも妙に悪かった。しかし当時のルーナは恐怖に震えるあまり、そんなことなど微塵《みじん》も気にする余裕がなかった。

『キ、キスしたら……死ぬ⁉』

『そうだ。だからこの先、絶対に異性とキスなんてするんじゃないよ。一応言っておくが、異性っていうのはお前にとっては〝男〟だ。男とキスしたら死ぬよ。たとえ相手が腰の曲がったじいさんでも、赤ん坊でも、おっさんでもね！』

そう言われ、ルーナはますます震え上がった。

キスしたら死ぬというが、アールベリー王国では挨拶の際、相手の頬にキスをするのが一般的な作法である。

『ほ、ほっぺもだめなんですか、ししょう』

『あー、うーん。挨拶程度ならいい、かな？　ただ、唇だけは何があっても絶対に守りな。わかったね？』

いつになく真剣な表情で告げるペッシェに、幼いルーナは神妙に頷《うなず》くばかりだった。

そうして師の言葉をすっかり信じきったルーナは、その後徹底的に異性を避けて生活するようになった。

外に出る際は必ず師の陰に隠れ、俺に男性客がやってきた場合は、奥の部屋へ引きこもって決して顔を出さない。

ペッシェは大丈夫だと言っていたが、万一のことを考えて頬へのキスさえ許さなかった。

そうして十年もの間、頑なに自分の命を守り続けてきたのだ。

それなのにペッシェの死後、ルーナは隠されていた真実を知ることとなる。

あれは二年前。師が病を患っていることすら気づけず、あっという間の別れを終えて二ヶ月ほど経《た》ったある日のことだ。

少しずつペッシェの死からも立ち直り、遺品整理をしていたルーナの許に一通の手紙が届いたのである。

それは亡き師が生前したため、自身の死後、弟子の許に届くよう手配していたものだ――と郵便配達人が説明してくれた。

愛情溢《あふ》れる文面と粋な計らいにまた泣いてしまったルーナだったが、追伸に書かれていた通りに魔法書を確認した瞬間、それどころではなくなった。

「よりにもよって、〝初めてキスした異性と性行為をしなければ死ぬ呪い〟なんて！」

なるほど、ペッシェの歯切れも悪くなるはずだ。

年歯も行かぬ幼い弟子に教えるには、呪いの真実はあまりにも卑猥《ひわい》だった。

わっ、と泣きながら顔を覆うが、側で話を聞いていた女将はビスコッティをかじりながら、呑気《のんき》に「これ美味しいわね」などと呟《つぶや》いている。

真剣に話しているのにあんまりだ。

ぎろりと睨みつけると、彼女は取り繕うような愛想笑いを浮かべた。

「ほら、でもさ、初めてキスした相手が好きな男だったら何も問題ないわけじゃない？　早いとこ好きな男のひとりやふたり作って、一発ズドンとヤっちゃえばいいのよ！」

「ズドンって……」

もっとマシな言い方はないのか。

一瞬で引っ込んだ涙の残滓《ざんし》を拭いながら、ルーナはぽつぽつと呟いた。

「そりゃ、わたしだってその手段を考えなかったわけじゃないんです。でも引きこもり生活をしている以上、男の人と出会える機会なんてありませんし」

ルーナの住む庵は町中に建っているものの、ルーナ自身が外に出ることは滅多にない。

更に玄関先には『男子禁制』の立て札まで出し、男性が訪問してきても鍵を開けないようにしている。

例外と言えば、食料品や生活必需品、あるいは魔法薬を作るのに必要な材料を運んでくる馴染みの業者くらいのものだ。

「外出すればいいだけの話じゃない！　外に出りゃ、出会いなんてそこら中に転がってるわよ。恋愛はいいわよぉ。誰かに愛され大切にされているって実感するだけで、自分が特別な人間だと思えるのよ」

「女将さんの心配はありがたいんですけど……。ほら、師匠の恋愛遍歴を見てきただけに、なんだか夢を抱けなくて」

ペッシェの男を見る目は天下一だった。もちろん悪い意味で、である。

『今度こそ真実の愛を見つけた』などと言っては熱烈な恋に落ち、そのたびにいつも散々な結果に終わっていた。

浮気された。二股をかけられていた。既婚者だということを隠されていた……など、枚挙に暇《いとま》がない。

魔女を怒らせるとはなんと命知らずなのだろう。裏切られ怒り狂ったペッシェは、『股間のモノが半年間小指サイズになった錯覚に陥らせる』という恐ろしい呪いを別れた男たちにかけ、独特の不幸を味わわせ溜飲《りゅういん》を下げていた。

相手が全面的に悪いとはいえ、一時は永遠の愛を誓った男に対するあまりに容赦のない仕打ちに、側で見ていたルーナは戦慄したものだ。

恋とは。愛とは。男女とは。

そんなことを真面目《まじめ》に考えたのも、一度や二度ではない。

「だから別に恋愛なんてしなくてもいいかなぁって」

そう言うなり、女将が椅子を大きく鳴らしながら立ち上がった。

「だめよ！　せっかく可愛い顔してるのに、宝の持ち腐れよ？　もう、アンタときたら年頃なのにお洒落《しやれ》もせず、外出する時はいつも気味の悪い仮面を被って……。いまだにそんなだと天国のペッシェが知ったら、どんなに嘆き悲しむことかっ」

「むしろあの師匠なら、指さして大笑いしそうな気がしますけど」

天国で男神たちを侍《はべ》らせながら、『私の弟子面白いでしょ』と自慢するくらいのことはしていそうだ。

しかし女将はそんな主張はどうでもいいとばかりに無視し、びしりとルーナの顔を指さした。

「いい？　昼夜薬作りに明け暮れ家族はうさぎだけなんて、はっきり言ってアンタ、酒屋のロンじいさんより枯れてるわよ！」

ロンじいさんとは、今年で御年九十歳になる酒屋のご隠居である。

いくらなんでもそこまで枯れているはずない……と思いたい。

「たまにはお化粧して、ドレスでも着て、どこかのパーティーで男漁《あさ》りでもするといいわ。招待状くらいその気になれば手に入るでしょう？　アンタは〝魔女さま〟なんだから」

「そ、そりゃまあ……」

アールベリー王国において、魔女は生きる宝だ。

不当な迫害を受けた時代もあったようだが、それも今は昔。

三百年ほど前の国王が正式に宮廷専属魔女を召し上げたことをきっかけに、魔女の地位は格段に向上した。

人々にとって魔女は『恐怖の対象』から『善き隣人』へと変わり、それは時を経て魔女の力が徐々に衰え、数が極端に減少した今となっても変わらない。

不思議な力と知恵で人々を助ける、愛すべき友。そんな魔女を、人々は畏敬を込めこう呼ぶ。

魔女さま――と。

とはいえ、魔女はいわゆる特権階級というものではない。

魔女はすなわち持たざる者、まつろわぬ民である。

国家に属していながら国の定めた身分制度に属さず、貴族に、時に王にさえも頭を垂れぬ、そんな特殊な立場にある。

そして四十年近く前、先代国王がひとりの魔女を娶《めと》ったことにより近年の魔女人気はますます高まる一方だ。

上流社会では魔女と懇意にしているというだけで一目置かれ、貴族たちはこぞって魔女と交流したがる。

実際ルーナの許にも、これまで何度も夜会や茶会への招待状が届いたことがあった。

「でも、パーティーなんか行ったら酔っ払いにいきなりキスされたり、出会い頭の衝突事故でうっかり知らない人とキスする可能性だってあるでしょう?」

「酔っ払いのキスはともかく、出会い頭の衝突事故なんて滅多に起こらないわよ。アタシはねぇ、アンタが幸せになったところを見届けなきゃ、死んでも死にきれないと思ってんのよ。なのにアンタは……」

女将が顔を覆い、おいおいと声を上げながらわざとらしく嘘泣《うそな》きをする。

「女将さんは百五十、ううん百八十歳くらいまで余裕で生きるでしょう」

「私は化け物か」

熱っぽかった空気が一瞬で冷めた。顔を上げた女将の頬には、やはり涙の痕などまるで見当たらない。

「そうだ、雑貨屋のお兄さんは？」

女将がふと、先ほど生け直したばかりのリナリアに目を向ける。

「この花、雑貨屋のお兄さんに貰ったって言ってたわよね。あの可愛い男の子」

『雑貨屋のお兄さん』は『赤いさくらんぼ亭』にも配達をしており、当然女将とも顔見知りなのである。

「そうですけど……。それがどうかしました？」

「もう、鈍いわね！　リナリアの花言葉は何？」

「えーと……。確か〝あなたのことで頭がいっぱい〟でしたっけ？」

薬草大全を頭の中で捲《めく》りながら答えれば、女将が満足げに頷いた。

「そう、つまり彼は、アンタのことが好きなのよ！」

思いも寄らぬ言葉に一瞬虚《きょ》を衝《つ》かれ、ルーナは目と口を大きく開けたまま軽く固まってしまう。しかしすぐその発言の意図に気づき、おかしくなって笑ってしまった。

「またまたぁ。女将さんったら、そうやってすぐにわたしをからかうんだから」

どうやら女将は、どうしてもルーナに恋愛をさせたいらしい。

唯一交流のある年若い青年の名前を持ち出し、その気にさせようという魂胆が見え見えだ。

しかしいくらルーナに恋愛経験がないとはいえ、自分に好意があるかないかくらいはわかる。雑貨店の青年は確かに親切だが、それはルーナが『お得意さま』だからだ。男女としての感情は一切ない。

「からかってなんかないわよ。好きでもない相手にそんな意味深な花言葉を持つ花なんて贈るもんですか」

「このリナリアは、お店で売る分が余ったからって持ってきてくれたんですよ。お兄さん、そう言ってました」

「そんなもん、照れ隠しに決まってるでしょうが。あの店で花を売ってるところなんて見たことないわよ。この鈍感娘」

随分な言われようである。

しかしルーナは、あえて反論を呑《の》み込《こ》んだ。ここで言い返したら、話が長引くことがわかりきっている。

幸いにしてその時、柱時計が大きな声を立てて鳴り始めた。

「あら、もうこんな時間？　開店準備に戻らなきゃ」

ルーナは待ってましたとばかりに立ち上がった。すかさず棚へと飛んでいき、そこに置いてあったふたつの箱を手渡す。

「はい、これ頼まれてた薬。避妊薬と媚薬。それから新作も一緒に入れてるので、よかったら試してみてから、感想をくださいね」

古来より薬師や医者としての役割を果たしてきた魔女にとって、薬作りは生計を立てる上で重要な手段のひとつである。

風邪薬や傷薬、痛み止めなどはもちろんだが、人間の営みに欠かせないものとして、今女将に渡したような薬も多く作っている。

春をひさぐ娼婦たちにとって、副作用の少ない安全な媚薬や避妊薬を作る魔女は大切な存在。それゆえに昔からこのふたつの職業は、切っても切れない仲であると言われていた。

女将が頻繁に庵を訪れるのも、ひとつにはそういった理由があるからだ。

「ありがと、えーと何々……。〝イヤンエッチ〟」

新作の瓶をひょいと摘まみ上げた女将が、ラベルの文字を読み上げる。

「イヤンエッチって……」

「な、なんですか」

どことなく白い目を向けられている気がした。

「毎回思うんだけど、もうちょっとどうにかならないの？　薬の命名が毎回酷すぎると思う。〝イヤンエッチ〟とか、〝スケベニナール〟とか〝ビクビクン改〟とか。はっきり言ってダサい」

「わ、わかりやすくていいじゃないですか。わたしの薬はわかりやすさ第一なんです。変にお洒落な名前をつけるよりいいと思います！」

センスがないとは決して認めたくないルーナである。

必死で主張したが、女将は呆れたように溜息をつくばかりだ。

「まあいいわ、効き目だけは確かだし」

「〝だけ〟は余計です。……とにかく、使った感じがどうだったか教えてください。今回もできるだけ大勢の意見が聞けると助かります」

「もちろん。店の若い子たち、いつもルーナに感謝してるわよ。こんなすごい媚薬を作れるなんて、水晶の魔女さまはきっとドスケべえっちな女性《ヒト》に違いないって」

「――ドスケ……っ」

「ウチの若い子たち、アンタと直接会ったことないからねぇ。どんだけ乱れた生活したらこんなスケべな薬が作れるんだろうって、憧れてるみたいよ」

風評被害だ。こんなに嬉しくない憧れがあって堪《たま》るか。

喉まで出かかったそんな言葉を、ルーナはギリギリで呑み込んだ。

「もう！　いいから帰ってください！」

これ以上話していると、ますますおかしなことを言われそうな気がする。

女将を外へ追い出し、少々乱暴に扉を閉めた。客がいなくなった気配を察したのか、カロがトトトと軽い足音を響かせやってくる。

「女将さんったら……。好き勝手言うんだから」

カロを抱き上げながら、ルーナは小さく溜息をついた。

ペッシェ亡き今、保護者代わりとしてルーナのことを心配する気持ちはわかるが、さすがに顔を合わせるたびあんな話ばかりでは気も滅入《めい》るというものだ。

「恋愛なんて考えられないわよ……。ねえ、カロ？」

返事のないことはわかっているが、カロに話しかけるのはもう癖のようなものだ。

ルーナは本棚から一冊の魔法書を手に取り、静かに頁《ページ》を捲る。

何度も何度も読み返したせいで、ボロボロになった本。

そこには、かつてルーナが自分自身にかけた呪いについての詳しい説明が記されている。

それによると、この呪文は『恋を成就させる究極の呪い』と呼ばれており、とある魔女が好きな相手を振り向かせるために編み出したものだということだ。

呪いを解く条件はたったのふたつ。

『キスした相手の精を満月の夜、必ず体内に受け入れること』

『その行為を半年間欠かさず続けること』

多少の例外を除き、満月はひと月に一度必ずやってくる。つまり呪いを解くためには、キスをした相手との性行為が最低でも六回必要ということだ。

それが嫌で、他の解呪方法を必死に探しているのだが、今のところ見つかっていない。簡単だが実にやっかいな呪いだ。

『あなたと身体《からだ》の関係を結ばなければ私は死ぬ』

そんなことを言われ、簡単に拒める者はそういないだろう。大抵の男性は理不尽に背負わされた罪悪感から逃れるため、術者との肉体関係を結ぶことを受け入れるはずだ。

自身に呪いをかけることで相手を縛る。

そんな恐ろしく身勝手な呪いを生み出した古《いにしえ》の魔女に、恨み言のひとつやふたつ言いたくなる。

そして、何も知らず呪文を唱えた幼い自分に対しても。

無知とは罪なものだ。もし当時の自分に会えるなら、引っぱたいてでもその愚行を止めてやりたい。

そうすれば外出するたびビクビク怯える必要も、庵の入り口に男子禁制の立て札をかける必要もなくなる。

だが、どれほど後悔しても時間は巻き戻せない。

こうして呪いにかかってしまった以上、ルーナはそれを受け入れ生きていくしかないのだ。

「ふう……。なんか疲れちゃった」

何せ昨晩から一睡もせず、本を漁っていたのだ。テーブルの上を片づけたら少し寝よう。

カロを床に下ろし、女将の使った茶器を片づける。

木盆の上に重ねて洗い場へ持っていこうとしたその時、ふと、外から笑い声が聞こえてきた。誘われるように窓の外を見ると、連れ立って歩く若い男女の姿が見える。

ふたりとも、ルーナと同じ年頃だ。仲睦《むつ》まじげに手を繋《つな》ぎ、語らいながらゆっくり歩いている。

実に幸せな光景だ。

付き合いたてなのか、初々しい様子で頬を染め、嬉しそうに微笑《ほほえ》み合っている。

少しお洒落をして、これからどこかへ遊びに行くのだろうか。

少女が纏う桃色のワンピースが風に靡《なび》く様子を見て、ルーナは思わず自身の格好を鏡に映した。

黒いローブに、すり切れの目立つ、地味な灰色のワンピース。

穴が開いた部分はそのたびにつぎを当て、何年も何年も着古してきた。衣装棚に入っている他の衣服も似たようなものだ。

化粧っけもなく、髪はいつも地味な紐《ひも》でひとまとめにするだけ。

魔女の証である銀の腕環《うでわ》は、お世辞にも可愛いとは言いがたい古くさいデザインだ。

年頃の少女らしいものと言えば、耳を彩る青い石の耳飾りだけ。

これはペッシェが亡くなる間際、ルーナに渡してくれた贈り物だ。

『この耳飾りには、とっておきの魔法がかかっているんだよ。お前が運命の相手と結ばれて、一生幸せになれる魔法がね』

あれはきっと、不出来な弟子を心配した師の優しい嘘だったのだろう。呪いのせいで誰とも恋愛できない身体になったルーナが、自分の死後ひとりぼっちになってしまわないよう、願いを込めて。

(もし呪いにかかっていなかったら……)

ルーナは窓の外に視線を戻す。

自分もあんな風に好きな相手と過ごしていたのだろうか。普通に恋愛をし、愛する相手と結婚して家庭を築く……。そんな毎日を、過ごせていただろうか。

(馬鹿ね、考えるだけ無駄よ)

ルーナは自身の胸にふと浮かんだそんな考えを一蹴する。

この穏やかな生活を守るためなら、他には何も望まない。

誰も好きにならず、誰とも恋をせず、そうして一生ひとりきりで過ごすのだと。何年も前に、そう誓ったではないか。

(そうよ。女将さんに言った通り、わたしは恋愛に夢なんて抱いてないんだから)

だから、別に寂しくなんかない。羨ましいなんて、思うはずがない。

ふと心によぎった寂しさを振り払うように、ルーナは窓から視線を剝《は》がした。

幸せそうな恋人同士の情景を、意識から追い出すように。

二章　思わぬ依頼が舞い込んできました

その人物が庵を訪ねてきたのは、女将がやってきた翌々日の、早朝のことだった。

「〝水晶の魔女〟殿。突然の訪問をお許しいただきたい。貴殿にどうしても依頼したいことがあるのだ」

扉越しに聞こえたのは、慇懃《いんぎん》だがどこか威圧的な男性の声だった。

「……どなたかしら。カロ、ちょっと待っててね」

朝の支度を済ませこれから朝食をとろうとしていたルーナは、テーブルの上にパンとサラダを、床にカロを置き去りにしたまま玄関へ向かった。

足音や気配を殺し、壁に開けた小さな穴をそっと覗き見れば、そこには肥満体の男性がふんぞり返りながら佇んでいる。

くるんと形よく巻かれた髭《ひげ》や、ピカピカの革靴。チョココルネをたくさんつけたような個性的な髪型に、羽のついた賑《にぎ》やかな帽子。

原色をふんだんに使用した衣装は目が痛くなるほど派手で悪趣味だったが、仕立てそのものはよく、高級品だということが一目でわかる。

どこかの貴族か大金持ちであることは間違いない。

そして、こうした明らかに金でなんでも解決できるような訪問者が伴う相談は、厄介ごとと相場が決まっている。

不穏な空気を敏感に感じ取ったルーナは、別段迷いもせず居留守を使うことに決めた。

『善き隣人として人々の助けとなれ』が魔女の一般的な信条だが、ルーナのような身の上の娘が信頼より平穏を優先するのは、何も自分勝手なことではないと思いたい。

来た時と同じようそっと後ずさりをし、扉から離れる。

しかしその時運悪く、足が背後に置いてあった箒《ほうき》に引っかかり、ガタンと大きな音を立てて倒してしまった。

外に聞こえないはずがない。

息を詰めるルーナの耳に、再び男の声が飛び込んでくる。

「魔女殿、いらっしゃるのだろう？　貴殿の助けが必要なのだ。どうか扉を開けていただきたい」

さすがにこの状況で居留守は厳しいようだ。

観念するしかないのだろう。

「す、少しお待ちください。今参ります」

外に聞こえるようそう言うと、ルーナは急いでローブを被った。棚の上に置いていた木彫りの仮面をつけ、フードを目深に被る。

——よし。

全身鏡で確認すれば、そこには地味でブカブカな灰色のローブと黒い仮面を身につけた自分が佇んでいる。

この仮面はルーナが十四歳の時から愛用しているもので、唇を守るために何かいい方法はないかと考えた末、自作したものだ。

どうせなら可愛い仮面がいいと、彫刻刀片手に木の塊をせっせと彫りカロの顔を再現してみた。

全体を黒く塗った上で目の部分を丸く刳《く》り貫《ぬ》き、両端につやつや光る絹のリボンをつけることで長いうさぎの耳を表現している。

なかなかの自信作だったが、周囲からの評判は散々だ。

女将には不気味だと眉をひそめられ、顧客の連れてきた子供たちには大泣きされた。

挙げ句の果てには、深夜に偶然出くわした老人が腰を抜かし、不審者騒ぎとなる始末。

【求む目撃情報！　うさぎの面を被った怪しい人物が深夜に徘徊《はいかい》しているという報告あり。住民の皆さまは十分ご注意ください！　——エルドベア自警団】

びっくり仰天とはまさにこのことだ。ひとけのない夜に、たまには散歩でもと思っただけなのに。

ルーナは事の次第を説明するため、慌てて自警団へ走った。あれほど全力疾走したのは生まれて初めてのことだった。

おかげでなんとか誤解は解けたものの、以降、町の人々の間では子供たちを躾《しつ》けるための方便として使われるようになってしまった。

『約束を破ると、黒くて恐ろしい仮面を被ったこわーい魔女さまがやってきて、お前をドブネズミに変えちまうよ』

『夜になると黒い仮面の魔女さまが目を光らせて、悪い子を攫《さら》いにやってくるよ』

と、こういった具合で。

人よけになるのは都合がいいけれど、こんなに可愛いのになぜ……と、制作者としては非常に釈然としない思いである。

「カロ、お客さまが来たみたいだから大人しくしててね」

主人の緊張を察してどこかそわそわしているカロに言い聞かせ、ルーナは渋々と、扉上部に設置されている小窓から顔を覗かせた。

「お待たせいたしました」

「うわっ！」

ルーナの姿を見るなり、扉の側に立っていた男が大声を上げ、蛙のように飛び退《すさ》った。でっぷりと脂《あぶら》の乗った腹が、面白いくらい揺れている。

化け物を見たような顔をして、失礼な男だ。ルーナは仮面の奥で顔をしかめながら、密かに憤った。

それでも一応、相手は客人。感情を封じ込め、礼儀正しく問いかける。

「お客さま、大丈夫ですか？」

すると茫然自失《ぼうぜんじしつ》としていた男がハッと我に返り、つい今しがた動転した自分を恥じるように大げさな咳払《せきばら》いを落とした。

「ウ、ウォッホン！　あー、水晶の魔女殿はおられるか。取り次ぎを願いたいのだが」

「……わたしが水晶の魔女ですが」

「はは、なかなか面白い冗談を言う下女だな。しかし私は忙しいのだ、さっさと魔女殿を出してもらおう」

乾いた笑いを零しながら下女扱いしてくる男に、ルーナはまたもやムッとした。

（そりゃ、一般の人たちが思うような『魔女さま』の印象とは違うかもしれないけど。ちょっと失礼じゃない？）

『魔女さま』というのは、強くて賢くて威厳がある美しい女性――というのが世間の人々の認識だ。

なぜだかはわからないが、昔から魔女というものが容姿に恵まれた女性ばかりであったため、自然とそんな風になったのである。

しかしルーナの姿は、そんな固定概念とはあまりにかけ離れていた。

よくいえば親しみやすく庶民的、悪くいえば貫禄がなく貧乏くさい。

その上での、この珍妙な格好である。男が冗談と思うのも、無理もなかった。

が、思うのとそれを口に出すのとでは別問題。

人を容姿で判断するのは失礼だ。そしてあまりにも、浅はかすぎる。

「冗談ではございません。これが証拠です」

ルーナは部屋着の袖を捲り上げ、手首にぴったりと嵌《は》まる腕環をさらした。

銀の土台に二対の蛇が絡み合ういかつい意匠の腕環は、見習い期間を終え正式な魔女と認められた際、その証として国王から直々に授けられるものだ。

嵌め込まれた石の種類がその者の封号を表しており、紅玉の魔女にはルビーが。金剛石の魔女にはダイヤモンドが。そしてルーナの腕環にはもちろん、水晶《クオーツ》が使われている。

「ま、魔女の腕環……」

「おわかりいただけましたか？　ご覧の通りわたしが三代目水晶の魔女、ルーナ・ココです」

所有者以外の者が身につければ、漏れなく皮膚がただれる呪いつきの腕環である。

それを前にしてまだ冗談だと言えるほど、男は物知らずではなかったようだ。

「これは失礼した。ま、まさか水晶の魔女殿がこんな妙な仮面のチンク——いや、若い女性とは思いもしていなかったもので、つい驚いてしまったのだ」

今、『妙な仮面のチンクシャ』と言おうとしなかったか。

仮面の奥でぴくりと頬を引きつらせたルーナだったが、余計な面倒を招きたくなくて、聞こえないふりをする。

ひとまず、自分が魔女であることを納得してもらえたのならよしとしよう。

「それで、お客さまは――」

「私はソジャ男爵。我がアールベリー王国にて、一級内務官を務めている者だ」

巻き髭を指先でいじりながら、彼は勿体《もったい》ぶったように自己紹介した。

内務官といえば国内の行政や治安の他、公益事業にも携わる重要な役職だ。

見た目と違い、意外と優秀なのかもしれない……と少しだけ失礼なことを思う。

「魔女の庵へようこそ、ソジャ男爵さま。それで、本日はどのようなご用件でしょう？　お薬作りのご依頼でしたら、まずお悩みを仰《おつしゃ》っていただければそれに合わせた材料を調合いたします」

「いや、実は本日ここへやってきたのは、私個人の依頼をするためではない。内務長官殿より、火急の要件にて貴殿を王宮までお連れするよう命じられたのだ」

（内務長官がわたしを王宮に？　どうして？）

まったくもって要領を得ない。

ルーナは一介の薬草魔女だ。魔力は非常に弱く、薬作り以外に関しては本当に役立たずなのである。

内務長官などという身分の人から、それも『火急の要件』などといういかにもご大層な名目で呼び出されるなど、ありえるはずがない。

「あの、どなたか別の魔女とお間違いではありませんか？　先ほども申し上げましたが、わたしは〝水晶の魔女〟です。力の強い魔女をお探しなら、隣町に瑪瑙《アガット》の魔女が――」

「いいや、長官殿は間違いなく貴殿をご指名だ」

ソジャ男爵の言葉は力強かった。

「さあ、扉を開けよ。水晶の魔女殿、貴殿をこれから王宮へお連れする」

「え、無理です」

ルーナは即答した。

突然やってきてこちらの事情や予定も聞かずいきなり連れ去ろうとするなど、横暴にもほどがある。依頼をしたいと言うのなら、せめて初めに『本日のご都合はいかがでしょうか』と聞くのが筋ではないか。

「この庵は男子禁制です。男性のお客さまには、扉越しに対応させていただいております。それに、いきなりそのようなことを仰られても、わたしには本日中にやらなければならない仕事もありますし、簡単に庵を留守にするわけには参りません」

「仕事と言っても、どうせ平民からの依頼だろう？　こちらは内務長官殿の代理なのだぞ。

どちらが重要かなど、考えるまでもなかろう」

「わたしにとっては身分など関係なく、どなたも大切なお客さまです」

できる限り冷静に答えたつもりだが、多少怒りがにじんでいたとしても仕方ないと思う。

身分を笠に着て他の客を退けようなど、なんと傲慢な態度だろうか。

第一印象もさしてよいものではなかったが、ソジャ男爵に対するルーナの評価は、いまや地の底まで失墜していた。

「どうしてもわたしの力が必要だと仰るのなら、わたしを王宮へ呼びつけるのではなく、内務長官さまご本人がこちらまでいらっしゃるようお伝えください」

「なっ、客にそのような態度を取るとは、なんと傲慢な女だ！」

「ご気分を害されたのであれば申し訳ございません。ですが、これまでのお客さまには全員、そうしていただいております」

大抵の商売なら、貴族を相手にこのような態度を取ることなど決してありえないだろう。

しかし、魔女にはそれが許される。魔女は客を尊重し迷える人々を助けるが、権力に屈しておもねるようなことはしない。

気に入らない相手に売る技術や品物は、持ち合わせていないのだ。

毅然としたルーナの態度を前に、ソジャ男爵は呆気《あっけ》にとられたように突っ立っていた。

しかしすぐ、その満月のような丸い顔に血の気を上らせると、唾をまき散らしながら叫び始める。

「ええい、もういい！　魔女だからと大目に見てやっていれば調子に乗りおって、この小娘が！」

とうとう本性を現したか、とルーナは特に驚きもなくその豹変《ひょうへん》ぶりを受け止めていた。

もうこのまま捨《す》て台詞《ぜりふ》でも吐いてさっさと退散してほしい。

そんなことを考えていたが、次の瞬間、男爵が発した言葉は想像もしていないものだった。

「おいお前たち、この扉を破壊せいッ」

ルーナは我が耳を疑った。

(お前たちって誰⁉　破壊って何⁉)

ぎょっとして再び小窓から外を覗き込めば、そこにはどこから湧いて出たのか、大勢の男たちがわらわらと集まっていた。

いずれも騎士服に身を包んでおり、大柄で、非常に強面《こわもて》な男ばかりだ。

「熊‼」

思わずそう叫んでしまった。

俺で引きこもって暮らしてきたルーナにとって、騎士のような屈強な男性を目にする機会などあったはずがない。

そのためルーナの目にこの騎士たちは、『森の王さまゴリドーン三世と愉快な仲間たち』

に描かれた、森の平和を守る熊兵士そっくりに映ったのである。

一体この熊兵——もとい騎士集団は、今までどこに隠れていたのか。いや、今はそんなことはどうでもいい。

(なんで斧《おの》を持ってるの!?)

騎士たちのうち何名かは、手にギラリと光る斧を携え、物騒にもそれを大きく頭上に掲げていた。そしてじりじりと扉ににじり寄りながら、中にいるルーナへ向かって声を張り上げる。

「魔女殿、扉から離れてください！」

「そこにいると危険ですよ！」

これにはさすがのルーナもびっくりした。

制止することも忘れてくるりと身を翻し、脱兎《だっと》の勢いで扉から離れる。カロを抱き上げ棚の陰に身を隠し、きたる衝撃に備えた。その間、僅か五秒。

次の瞬間扉は轟音《ごうおん》を立てて破壊され、まるで金槌《かなづち》で叩かれたナッツのように、木っ端微塵に砕け散っていた。それも、周囲の壁を盛大に巻き込んで。

(家……わたしの、家が)

玄関側の壁が三分の二ほど、犠牲になった。

衝撃のあまり頭が真っ白になり、凍りついてしまう。

生まれ育った家であり、仕事場であり、ルーナの平凡で穏やかな生活を守ってきてくれた大切な場所。

それが今、招かれざる客によって破壊された。長いこと守られてきた平穏と共に、無残に崩れ去っている。

パラパラと舞い散る粉塵を前に、ルーナは呆然《ぼうぜん》と立ち尽くした。

哀れな魔女に追い打ちをかけるように、騎士たちがドカドカと大きな足音を鳴らしながら、玄関だった場所を跨《また》いで遠慮なしに庵へ足を踏み入れる。

「魔女殿！　どうか我らにご同行を」

「ご同行を！」

右を見ても左を見ても筋肉、筋肉、筋肉——時折、髭。

密集しながらむんと暑苦しく迫る男たち。

その瞬間、ルーナの頭の中で何かが弾けた。

「キ……、キャアアアアーッ！　キャアアアア——ッ！　やめて出てって！　来ないでこの変態っ！　自警団を呼ぶわよ！」

「うるさい、騒ぐな！　たかが扉ではないか、後で直せばいいだけの話だろう」

「うるさいのはそっちよ！　直すなら扉じゃなくて、その悪趣味なカツラのズレを先に直したら!?」

咄嗟《とっさ》に敬語も忘れ、相手を罵る言葉が飛び出していた。

ぷっ、と騎士たちが噴き出すと同時に、男爵があわあわと自身の頭に手をやる。

「な、なっ！　こ、これはカツラではない！　たたた、たまたま腕の悪い理髪師に当たっただけだつ、無礼者」

そう言いながら帽子を深く被り直したせいで、チョココルネのようなクルクルの髪がありえない形に歪《ゆが》んでしまっていた。

カツラであることは間違いないが、どうやら周囲には内緒にしていたつもりらしい。男爵の狼狽《うろた》えようと言ったら、まるで犬に追いかけられる鶏のようだ。

しかし申し訳ないとは微塵も思わない。礼儀知らずの相手に遣うような気を、ルーナはとんと持ち合わせていなかった。

「くっ……この、無礼な魔女め！　おいお前たち、いつまで笑っている⁉　ボサッと突っ立っておらず、さっさとこの魔女を大人しくさせんかっ」

男爵の怒りが、ルーナから周囲の騎士たちに移動する。

口元を押さえつつ込み上げる笑いと必死に戦っていた騎士たちは、慌てて笑いを引っ込めた。

「も、申し訳ございません、男爵閣下！　すぐに！」

「魔女殿、失礼を！」

彼らは瞬く間にルーナを取り囲むと、有無を言わさずカロを取り上げる。

そのまま両脇から拘束されそうになり、ルーナは全身を使って拒絶した。

「触らないで！　こっち来ないで！　カロを返してっ」

「黙らんか！　いい加減キンキンと耳障りだ。——おい、もういい、担ぎ上げて連れて行くぞ」

うんざりとした男爵の言葉に、騎士たちは少々迷う様子を見せたものの、結局は従うことにしたようだ。

ひときわ体格のよいひとりがルーナを軽々と持ち上げ、小麦袋よろしく肩の上に抱える。

突然高くなった視界に目を白黒とさせたのもつかの間、ルーナは手足を大きく動かしジタバタと大暴れした。

落ちても構わない。大人しくしていたら本当に連れて行かれてしまう。

しかし少女の必死の抵抗は、屈強な男の前ではなんの意味もなさなかった。

騎士はそんな攻撃などものともせず、涼しい顔で歩き出したのだ。

あっという間に外に連れ出され、庵がどんどん遠ざかってしまう。

「離して、離してってば！　この人攫い！　いやーっ！　離せー！」

騒ぎを聞きつけた町民たちがなんだなんだと集まってくるが、時刻は早朝。

散歩をしているのはほとんどが老人で、頼りにならない。

「そこのおじいさんたちっ！　この人たち誘拐犯です。自警団に通報してください！」

それでも必死で呼びかけてはみたものの、老人たちは顔を見合わせながらのほほんと笑うばかりだ。

「愛の逃避行かえ？　いやぁ、今時の若者は元気がよいのう」

「若い頃を思い出すわい。わしも意中の相手と一緒になるため、ああやって相手を実家から強引に連れ出してのう……。それがうちのばーさんじゃ」

「ほっほっほっ、懐かしいのう。青春青春」

「ちが――――――う！」

これのどこが愛の逃避行に見えるというのか。

しかしルーナの必死の叫びは老人たちに届くこともなく、完全に誤解され無視されてしまった。

これでは通報なんて期待できるはずもない。

もはや抵抗する気力をすっかり削がれ、がくりと項垂《うなだ》れるルーナをソジャ男爵が横から嘲《あざ》笑《わら》う。

「やれやれ、ようやく静かになったか。これだから市井《しせい》の女は嫌なのだ。うるさくて下品で野蛮、言動に育ちの悪さがありありと表れておる」

（誰のせいだと思ってるのよ！）

ルーナはキッと男爵を睨みつけた。

「ソジャ男爵！　魔女を怒らせて、ただで済むと思わないことね。絶対にバチが当たるんだから。魔女を粗末に扱うと怖いわよ！」

ルーナなりに精一杯の脅しであったが、抱え上げられ自由を奪われた間抜けな格好では、今ひとつ説得力に欠ける。

「ははは、バチだと？　蜂にでも刺されるのか？　それとも落とし穴にでも落ちるのかね？楽しみにしておこうじゃないか」

男爵は怯えた様子もなく軽くあしらい、ルーナを抱える騎士に目配せした。

「縛って荷台に放り込んでおけ」

「はっ、かしこまりました」

かくしてルーナは必死の抵抗も虚《むな》しく縄でグルグル巻きに縛られ、馬車の荷台へ突っ込まれる形で連れ去られたのであった。

まさか本当に王宮へ連れてこられるとは。

いかにも高価そうな調度品やシャンデリアを観察しながら、ルーナは重く溜息をついた。

ここは代々のアールベリー王族が住まう、デセール宮殿の一室。

そこでルーナはソジャ男爵と共に、内務長官の訪れを待っていた。

「本当に、本当に、カロに危害は加えてないんでしょうね？」

ルーナはじっとりと男爵を睨みつける。

もはやその態度には、仮にも客に対する礼儀など一切残っていない。あるのは敵意と軽蔑、そして不信感だけだ。

「何度も同じことを言わせるな、しつこい女だな。何もしておらんと言っているだろう」

「本当ですか？　後で嘘だったなんて言わないでくださいね。王の名に誓って、カロに危害を加えないと約束できますか？」

「あのうさぎは信頼できる身内に預けておる。お前が大人しくしていたら無事に返してやろう。だからそろそろ黙らんか」

ソジャ男爵がぞんざいに返す。

十五回目の同じやりとりをいい加減面倒に思っているのかもしれないが、ルーナだって真剣なのだ。

いくら言質《げんち》を取ったところで、この男爵なら簡単に嘘をつきかねない。それでも何度も念を押してしまうのは、今のルーナにはそれしかできないから。

他人には理解できないかもしれないが、カロはルーナにとって唯一の家族だ。心の支えだ。そんな彼を守るためなら、どれほど煩わしがられようと、何度だって誓いを立てさせてやる。

「そんなことより、これから内務長官殿がいらっしゃるというのになんだ、その格好は」

「そんなことってなんですか。それに、着替える間も与えず連れ出したのはそっちじゃないですか」

「口の減らない女だな。私はそのみっともない仮面を取れと言っておるのだ」

みっともないとは無礼な。

ルーナはつんと男爵から顔を背けた。

「あいにくと、これは呪いの仮面です。取ろうとすると顔の肉が剝がれます」

「……本当だろうな？」

嘘に決まっている。

人を傷つけたり、人体に悪影響を及ぼすような魔法が禁呪と定められ、既に三百年以上が経つ。そんな強力な呪いの品が実在していれば、とうに王家に没収されているはずだ。

「ふん、まあよい。どうせ仮面を取ったところで大した顔でもないだろうからな」

「ソウデスネ」

「ともかく、これからいらっしゃる内務長官殿は大変高貴なお方だ。国王陛下の従兄弟《いとこ》であり、公爵家の継嗣。ご本人も侯爵位をお持ちの名門貴族である。くれぐれも無礼な態度を取るでないぞ。わかったな」

「……ワカリマシタ」

もうこの際、なんでもいいからさっさと話を終わらせたいルーナである。至極適当に相槌を打っておくことにした。

(それにしても、我ながら酷い声だわ。まるでおばあさんみたい)

むしろ老婆のほうが、もう少しマシな声を出すかもしれない。

コホ、と小さく咳をしながら、ルーナは違和感のある喉を押さえた。

無残なしゃがれ声の原因は、馬車の荷台で叫び続けて喉を痛めたせいだ。あまりにうるさいからと途中で猿ぐつわを噛《か》まされた時は、これまでにない屈辱を覚えたほどだ。

王宮に到着した頃はさほどでもなかったのが、時間が経つにつれてだんだんと、声を出すのも辛《つら》いほどになってきた。

庵に戻ったら、喉の痛みに効く薬湯を飲まなければ。

そのためには男爵の望み通り内務長官に会い、カロを取り戻すしかない。

いくらこの傲慢極まりない男爵の上司とはいえ、さすがに内務長官ともなればまともな常識を持ち合わせているだろう。

愚かで無能な部下が人違いで自分を誘拐してしまったのだと訴えれば、きっとすぐに庵へ帰してくれるに違いない。

どうせならついでに、彼が力なき一般市民に対していかに傍若無人に振る舞ったのかも告げ口してから帰ろう。そうでなければ腹の虫が治まらない。

特に、扉が壊されたことを伝えるのは必須事項だ。

急ぎの仕事がなかったことだけは幸いだったが、扉があんな風では明日からしばらく、調合の仕事はできない。

秘薬作りには集中力が不可欠だ。

だからこそ普段薬を調合する際は、必ず玄関の鍵を閉めて調合部屋に閉じこもって作ることにしている。

それなのに壁にあんな大きな穴を開けられた状態では、集中したくてもできるはずがない。

近所の子供たちが忍び込んだり、誰かが中を覗き込んだり——とにかく、なんらかの邪魔が入ることは間違いないだろう。

(せめて修理代くらいは弁償してもらわないと困るわ。できればこの人のお給料から天引きされますように)

密かに念を送っていると、男爵と再び目が合った。

「なんだ、見とれておったのか?」

「……はい?」

何をとち狂ったのか、男爵はニヤニヤしながら驚くべき勘違いを口にした。

一体誰が、こんなド派手な格好をした傲慢な男に見とれるというのか。もしいるとしたら、その人物は相当な悪趣味に違いない。

「まあお前のような下々の者にとって、私のような洗練された紳士を目にする機会など滅多にないだろうからな。ありがたく思うがよい」

「いいえ、別にまったくこれっぽっちも、ミジンコほどの興味もありません」

「だが残念だな。お前のようなガサツな女はまったく好みではない。私は淑《しと》やかで上品な女が好きなのだ」

(どうしよう、この人言葉が通じないわ)

ミジンコほども興味がないと言われたにも拘《かかわ》らず、男爵は聞いてもいないことをペラペラと喋り続けていた。

どうやらルーナの反応に関係なく、単に自分語りがしたいだけらしい。

「できれば髪は明るい色がいいな。目は海のように美しい青色で、身体つきは細くしなやか。だが、きちんとふくらむべきところはふくらんで——」

(女の子の前でなんてこと言うのよ)

いきりたつルーナの内心など知る由もなく、男爵は上機嫌に話を続ける。

「いやしかし、同じ女でも王宮で見かける貴婦人たちとはこうも違うものなのだな。その珍妙な格好を改めれば少しでもマシになるかと考えたが、所詮貴様が着飾ったところで、カカシにドレスを着せるようなものだろう！　ハッハッハッ」

脂肪をたっぷり蓄えた身体を折り曲げ、男爵がさも楽しそうに笑う。

自分が魔力の弱い魔女でよかった、とルーナは思った。

(もしわたしがお師匠さまのように強い力を持っていたら、男爵をとっくにイボガエルに変えていたに違いないもの)

ゲコゲコと蛙語で抗議する男爵の姿は、さぞかし見物だろう。

不穏な想像で少しだけ溜飲が下がったその時、外から扉を叩く音が響いた。

「ソジャ男爵、内務長官殿がお越しです」

「おお、いらっしゃったか。お通ししたまえ！」

男爵が弾かれたように立ち上がり、直立不動の体勢になった。

「おいっ、貴様もさっさと立たんかっ」

小声で促され、ルーナも渋々立ち上がる。ほぼ同時に扉が開き、ひとりの男性が顔を出した。

年は二十代前半頃か。長い金髪をひとつに結び、銀のボタンや同色の房飾りが特徴的な、白い衣服に身を包んでいた。

すらりとした長身で、恐ろしいほど美しい人だ。肌の白さと相まって、全身が輝いてさえ見える。

線は細く、一見すると中性的な印象だ。しかし、知性を湛《たた》えた緑の瞳で堂々と正面を見据えているせいか、不思議と弱々しい印象は受けなかった。

「内務長官殿！」

ソジャ男爵が上げた声によって、ルーナはこの美貌の男性が内務長官その人であることを知り驚いた。

もっと年齢のいった中年男性が来ると勝手に思い込んでいたのだ。失礼な話だが、今目の前にいる彼を見た瞬間、内務長官付きの秘書がやってきたのだと勘違いしてしまった。

「ようこそお越しくださいました、本日はお日柄もよく、長官殿におかれましてはご機嫌麗しく――」

手もみをしながら近づく男爵を、内務長官はすっと片手を上げ制止する。

彼は頭ひとつ分ほど低い場所にある男爵の顔を見下ろすと、静かに問いかけた。

「ソジャ男爵、そちらの方は？」

美しい顔に相応《ふさわ》しい、玲瓏《れいろう》たる響きだ。内務長官より歌手に向いているのではないかと思わせるほど、非常に魅力的な声だった。

「おお、よくぞお聞きくださいました！　その女は水晶の魔女です。小汚い珍妙ななりからはとても信じられませんが、手首に嵌まった腕環を確認いたしましたので、間違いありません！」

「――水晶の魔女？」

整った柳眉が僅かに寄る。

やはり内務長官も「こんな変な格好の女が？」と疑っているのかと思ったが、見ているとどうも様子がおかしい。

「なぜ、水晶の魔女殿がここに」

彼は怪訝《けげん》そうな顔で、そう呟いたのである。

なぜ、と言いたいのはむしろルーナのほうだ。

『水晶の魔女』を王宮へ連れてくるよう命じたのは、内務長官ではなかったのか。

思わず男爵に視線をやれば、彼は内務長官の怪訝な様子を気にした素振りも見せず、満面の笑みを浮かべていた。

「先日、内務長官殿が仰っていたでしょう！　水晶の魔女に依頼したいことがあると。ですからこの私めが――」

「……ソジャ男爵」

低く、冷たい声が意気揚々とした男爵の言葉を遮った。

内務長官が微笑を浮かべながら男爵に近づき、軽く肩に手をかける。

妖精のような、魅惑の微笑だった。同性である男爵が、ぽうっと魂を抜かれたようになっている。

しかしルーナは、むしろぞっとした。

目が、まったく笑っていないのだ。

「確かに、私は言いました。〝水晶の魔女殿へ依頼したいことがある。一度直接お目にかかり、ご相談してみようと思っている〟と」

「そうでしょう、そうでしょう」

上機嫌に頷く男爵は、内務長官が今どんな表情で自分を見下ろしているのか、気づいてもいないに違いない。

そうでなければあんな風に得意げに笑っていられるものか。

男爵の鈍感さに、ある種の感心すらしてしまう。

「ゆえに、不肖この私めが代わりに水晶の魔女を城へですね」

「ですが私は、あなたにそういった命令を出した覚えは一切ありませんよ」

断ち切るような鋭い声だった。

にやついた男爵の顔が一瞬で凍りつくほどには、素っ気なく突き放すような響きだ。

今、この瞬間まで、男爵は内務長官から褒めてもらえることを信じて疑っていなかったに違いない。

「え、いや、その、あの」

哀れなほどまごついているが、彼が本当に不憫《ふびん》なのはこのような状況に陥ってなお、手柄を諦めまいとする往生際の悪さだ。

「でで、ですが、ですが私はですね。一刻も早く魔女を長官殿の許にと、ただ長官殿のためだけを思って」

「ですから、そんなことは頼んでいないと言っているのです。そもそも、私がその話をした時、側にあなたはいませんでした。まさかあなたは、極秘の会話を盗み聞きしていたのですか?」

「い、い、いえ、そのっ。執務室の前を通りかかった際に偶然耳にしただけで、盗み聞きなどとそのようなっ」

色々と言い訳を重ねる男爵だが、内務長官の表情はますます険しさを増していくばかりだ。

もはやこうなっては変に悪あがきをせず、正直に謝罪しておいたほうがよいのではないか。

世間知らずの魔女にすらわかることが男爵にわからなかったのは、不幸としか言いようがない。

「実は先ほど、騎士団からも報告が上がっておりまして。ソジャ男爵が騎士たちを引き連れ王宮の外へ向かったと……。余程の一大事でも起きたのかと心配していましたが、まさか男爵。魔女殿の庵へ、騎士を伴って押しかけたわけではありませんよね？」

疑問形だが、彼の中ではもう、答えは決まりきっていたようだ。

眇《すが》めた目でまっすぐ睨みつけられ、男爵の顔色は今や真《ま》っ青《さお》だ。

「あ……う……、それは……」

「なぜ、魔女殿をお連れするだけなのに騎士が必要だったのですか？」

「そ、それは……その。も、もし妙な術で抵抗でもされたら、と」

しどろもどろに答える姿に、庵を訪ねてきた時の傲慢さは一片も残っていない。

いい気味だ、とルーナは密かに舌を出した。

あんなに偉そうに振る舞っていたくせに、自分より上の立場の人間から叱られ、まるで落ち着きのない仔ネズミのようではないか。

もっとも、そんな喩え方をしては仔ネズミに失礼かもしれないが。

「まさか抵抗されるような手段で連れ出したのですか？　そういえば男爵、あなたは先ほどから魔女殿にやたらと無礼な物言いをしていましたね。これはつまり、私ごときの客人を相手に礼儀は一切必要ないと判断した、と？」

「とっ、とんでもない！　これはちょっとした軽口というか、場を和ませるための冗談というか。ともかく私はきちんと紳士的にお願いして……っ。そうですよね、魔女殿っ！」

「わたしが家族同然に可愛がっているうさぎを誘拐し、脅すのが紳士的だというのなら、そうなんでしょうね」

男爵から縋りつくような眼差しを向けられるも、ルーナはさっと視線を逸《そ》らした。今更助けてもらおうだなんて、あまりにも虫がよすぎる。

「い、いやあ。うさぎは少しお預かりしただけで、誘拐だなんてそんな。魔女殿はお人が悪いなぁ。はは、あはははは……」

乾いた空気を精一杯和ませようとしたのだろうが、この状況で笑うのは自殺行為に等しかった。

男爵の引きつった笑い声は室内に虚しく響き、空気がますます凍てついていく。

「私が魔女殿をお呼びしたかったのは、個人的な依頼について内密にご相談するためでした」

内務長官が静かに口を開いた。声を荒らげているわけでもないのに、信じられないほど怖い。

普段穏やかな人間ほど怒ったら怖いと言うが、きっと内務長官はそのタイプだろう。

「いいですか、内密というのはこっそりと、内々にという意味です。それをあなたは、ぞろぞろと騎士たちを伴い大人数で押しかけた」

「そ、それは……」

「きっと大層目立ったことでしょう。町民たちの間でも噂《うわさ》されるでしょうね。王宮の騎士は女性に無体を働く無頼漢どもの集まりだと。そうなった時、陛下の御名にどれほどの傷がつくか――。あなたはそういったことを、少しでも考えてから行動したのですか？」

さしもの男爵も、王の名を持ち出されてなお反論するほど愚かではなかったようだ。とうとう口を噤み、小さくなって項垂れる。

「下がりなさい、ソジャ男爵。あなたの顔はしばらく見たくありません」

「は、はひっ！」

「うさぎもお返しするのですよ」

「承知いたしましたっ！」

声を裏返しながら、男爵は鞠《まり》が跳ねるように、あたふたと控えの間から走り去っていった。大きな音を立て慌ただしく閉まった扉を見やり、内務長官が溜息をついた。

彼は改めてルーナへ向き直ると、深々と頭を下げる。

「このたびは私の部下が大変失礼な真似をいたしました、水晶の魔女殿。上司としてお詫《わ》び申し上げます」

「いえ、そんな……。内務長官さまが悪いわけでは」

やはり内務長官はまともな人だったようだ。

紳士的な態度に、ルーナは内心で胸を撫で下ろす。

「それにしても、ソジャ男爵はとても独善的……いえ、個性的な方ですね」

「どうかお気遣いなく。私も彼には手を焼いているのです」

そう言いながら、内務長官はルーナに椅子を勧める。自身もその向かいに腰かけ、自己紹介を始めた。

「申し遅れました。私は内務長官のシトロン・フェーヴと申します。どうぞお見知りおきのほどを」

「ルーナ・ココと申します。フェーヴ内務長官さま」

「ああ、私のことはシトロンとお呼びください。あなたは大切なお客人ですから、どうぞお気を楽に」

冷たささすら感じたほどの美貌に柔らかな笑みが浮かび、ルーナは人知れず安堵の吐息を零した。ようやく、まともに話のできる相手と会えた。

「わかりました、シトロンさまですね。そう呼ばせていただきます」

「ええ。それで――早速本題に入らせていただきますが、実はこのたび、魔女殿に内密にお願いしたいことがございまして……」

どうやらかなり真剣な相談らしい。頻繁に周囲の様子を窺いつつ、ルーナ以外の人間に声が漏れないよう神経を尖《とが》らせているようだ。

無理もない。彼はつい先ほど、男爵の盗聴行為によって迷惑を被ったばかりなのだ。

男爵自身は手柄を立てようと軽い気持ちでやったことかもしれないが、誰しも、他人には決して知られたくない秘密のひとつやふたつは持っている。彼のやり方はあまりに無配慮で無神経だ。

ルーナは目の前の依頼人にすっかり同情し、自分にできることならなんでも力になりたいと思っていた。

——とはいえ。

「何やら非常に深刻なお悩みとお見受けいたしました。ですがそれでしたら、もっと力の強い魔女に依頼したほうがよろしいのではないかと……」

これは男爵にも言ったことだが、卑屈ではなく、ルーナの魔力は本当に弱い、微々たるものだ。

だから今までも、自分の手に負えないと思った依頼は誰か別の、もっと力が強い魔女に回すことで対応してきた。

そのほうがルーナも依頼人も、余計な時間を使わずに済むからだ。

「よろしければ知人の魔女を紹介いたします。この付近だと——」

そう言って立ち上がりかけた瞬間、シトロンが大きく身を乗り出し、テーブル越しにルーナの手首をがっしりと摑《つか》んだ。

「お待ちください！」

「ぎゃあっ！」

鬼気迫る勢いに、ルーナは思わず悲鳴を上げた。喉が枯れているせいでなんとも不気味な悲鳴となったが、シトロンが気にした様子はない。

それどころか彼はますます前のめりになり、今にもテーブルを乗り越えそうになりながら必死に訴える。

「これは水晶の魔女殿にしか解決できないことだと思っております！ 是非、あなたにお願いしたいのですっ」

「え、え……？ あの、そう仰ってくださるのはとても嬉しいのですが、わたしは本当にしがない薬草魔女で……」

真剣なのはわかったから、できればもう少し落ち着いてほしい。

緑色の目を爛々《らんらん》と光らせながら迫る美形の勢いに気圧《けお》され、ルーナの腰が若干引ける。

「ご謙遜を。かねてより水晶の魔女殿の噂は伺っておりました。よく効く秘薬を作る、腕のよい薬草魔女がいらっしゃると……！」

「は、はぁ……。それは光栄です。光栄ですが、あの、ちょっと、……痛いです！」

先ほどから、手首を摑む力がどんどん増している。このまま放置していると、そのうち折れてしまいそうだ。

強めに訴えれば、シトロンがハッと息を吞み手を離した。

「し、失礼いたしました。必死になるあまり、つい。ですが、それほどまでに切羽詰まった状況なのです。どうか、どうかお願いいたします。我々を救ってください……！」

（我々？）

彼の物言いに若干の違和感を覚えたルーナだったが、ひとまずそこには触れずにおいた。テーブルに頭を擦りつけてまで訴える依頼人を落ち着かせるほうが先だ。

「シ、シトロンさまの熱意はよく伝わって参りました。もちろん、わたしもできる限りの協力はさせていただきますので、どうかご安心ください」

シトロンに少しでも信頼してもらえるようにとつけ加えれば、彼は目に見えて安堵の表情を浮かべた。美しい顔に微笑が浮かぶ。

「ありがとうございます、魔女殿」

「おぉ……」

ルーナは思わず妙な声を上げた。

直視できない美しさだ。美人の笑顔というのは、これほどに攻撃力が高いものなのか。

顔面全体が発光しているのだと言われても頷ける眩しさに、思わず細目になってしまう。

幸いにして、仮面の向こうで妙な顔をするルーナにシトロンが気づくことはなかった。彼は魔女の動揺などつゆ知らず、居住まいを正しつつ話を続ける。

「これから話すことは、最重要機密です。何卒、ご内密に」

「もちろんです。魔女は依頼人の個人情報を他者に漏らすことは決していたしません」

「それを耳にして安心しました。実は――」

一体どのような依頼なのだろう。

重々しい口調に、自然と背筋が伸びる。

何せ内務長官と言えば宰相に次いで国王を支える、国家の超重要人物だ。

そんな雲の上の存在が頭を下げるなど、ただ事ではない。

固唾《かたず》を呑み、息を止めてシトロンの言葉を待つ。その二秒にも満たない時間が、やけに長く感じられた。

「魔女殿に、媚薬を作っていただきたいのです」

「…………ビヤ？」

なんだっけ、それ。

思わず固まってしまうほどに、それはあまりに予想外の単語だった。

「媚薬です」

繰り返されたおかげで、反応が一拍どころか四拍ほど遅れた。

「あっ、ああああああの、媚薬と言いますと、その……。あの媚薬でしょうか……？」

馬鹿な質問だと自分でも思う。その媚薬以外に一体どの媚薬があろうか。

しかしシトロンは至極真面目に、笑いもせず答えた。

「魔女殿の仰る〝あの〟が何を指しているのかはわかりませんが、私が申し上げたのは、発情効果によって男女の営みを盛り上げるための薬です。精力増強剤、性的興奮剤……あるいは発情剤と言い換えてもいいでしょう。飲むといやらしい気分になり、異性とまぐわ——」

「わ、わぁぁぁっ！　そ、そうです！　その媚薬で間違いありませんっ」

聞かなければよかったと心底思った。

あまりの羞恥に、つい、仕事用の畏《かしこ》まった口調を忘れた。

顔が火を噴きそうなほど熱い。

ルーナは仮面の下から両手をずぼっと差し込み、かっかと火照る頬を押さえる。

だがしかし、である。

媚薬などその辺の雑貨店や薬局に売っているような、手軽に手に入る品ではないか。

ルーナだって世の恋人たちや夫婦のためになればと、取引先の薬局に定期的に卸している。

わざわざ内密に持ちかけずとも、シトロンのような立場であればいくらでも、密かに手に入れる手段はありそうなものだが。

疑問に思っていると、彼が懐から何かを取り出し、テーブルの上に置いた。

コトン、と硬い音に誘われるように視線を向ければ、そこには鮮やかな青色の小瓶が置いてある。

一見すると香水でも入っているかのような洒落たデザインだが、ルーナはその中身が香水でないことを、誰よりよく知っている。

「この小瓶をご存じですか？」

「も、もちろんです。だってそれ、わたしが作っている媚薬の容器ですよね？」

質問の形を取っていながら、ルーナは自分の答えが正しいと確信していた。

間違うはずがない。小瓶の色や形、表面に貼られたラベルのデザインも、全てルーナが業者に頼んで作らせた特注品なのだから。

恐らく引っ繰り返せば、瓶の底部には制作者の名前として『水晶の魔女ルーナ・ココ』という文字が刻まれているはずだ。

「ええ、そうです。水晶の魔女殿が作ったこの特製の媚薬〝スケベニナール〟は、飲み物に一滴混ぜるだけで効果覿面《こうかてきめん》。性交の際に得られる快楽が、二倍にも三倍にも膨れ上がる代物だそうですね？」

「は、はい。確かに、そういったご感想を多くいただいております」

『スケベニナール』は、ルーナの代表作だ。

『赤いさくらんぼ亭』を含むいくつかの娼館に卸している他、薬局、雑貨店などでも取り扱っている。

『この媚薬のおかげで、破局しかけていた恋人たちが仲直りした』

『離婚寸前だった夫婦がやり直すことができた』

『子宝に恵まれた』

など評判が評判を呼び、ルーナが現在までに開発してきた商品の中で、最も売れている大人気商品となった。

もちろん、薬そのものの効果は抜群。用法用量さえ守れば人体に害もなく、中毒性もない。安心安全の優れものだと、制作者であるルーナも自負しているほどだ。

「部下たちも言っておりました。ひと晩中抜かずに腰を振っていられるとか、飲んだら岩にでも欲情できるほどムラムラするだとか。貴族の間でも大人気なのです」

「は、はぁ。それはなんと言えばいいか……。いえ、とても……ありがたいことです」

これは喜んでいいのだろうか。

シトロンにしてみればなんの下心もなしに褒めているだけのつもりなのだろうが、傍《はた》から見れば完全に性的嫌がらせである。

微妙な顔をするルーナだったが、シトロンはそれに気づく様子もなく、軽く咳払いをする。

「今回、あなたに依頼したいのは、この〝スケベニナール〟を更に上回る、強い効果のある媚薬です」

「え、あの、それは〝スケベニナール〟では効果が不十分だったということでしょうか」

先ほどシトロン自身も口にした通り、『スケベニナール』はその効果と安全性に定評のある薬なのだが……。

もしかして中毒症状が出てしまったのだろうかと不安になって問いかければ、シトロンは静かに頷いた。

「ええ、実は——。我々が求めているのは、不能を治すための薬なのです」

「ふ、ふのう」

ルーナは瞬きを繰り返し、たった今耳にしたばかりのシトロンの言葉を反芻《はんすう》した。

「ふ、ふ、ふのう、不能、不能って、その、あの——せ、せせ性的な機能が？」

耳までぽっと熱くなり、みっともないほど声が上擦る。

この会話の流れでそれ以外に何があるのかと自分でも思ったが、問い返さずにはいられなかった。

幸いにしてシトロンはルーナのそんな動揺など意にも介さず、体調不良を医師に打ち明けるような、あくまで冷静な態度で話を続ける。

「そうです」

「そそ、それはその、ピクリとも反応しないのですか？　例えば、その道の女性に頼んでも……？」

その道の女性――つまり春を売ることを生業《なりわい》としている女たちのことだ。

女将いわく、初体験が失敗したことで心の傷を抱え、一般女性相手に上手く振る舞えない男性というのは結構多いらしい。

それが娼婦の手練手管により自信を取り戻す、というのもよくある話なのだそうだ。

「ええ。もちろん試してみました。ですが、結果は惨敗です。名うての娼婦たちが手や口、果ては胸や足でも奉仕しましたが、やはりいずれも効果はありませんでした。つまり有り体に言えば、勃起不ぜ――」

「うわぁぁぁぁ！　わかりました！　わかりましたからっ」

なんだか先ほども同じようなやりとりをした気がする。

ルーナは再び仮面の下から両手を突っ込み、火照る頬を掌の温度で冷やした。

魔女として薬を作る上で、人体の仕組みはある程度理解しているつもりだった。

避妊薬や媚薬を取り扱っている以上、性行為についても一定の知識はあるつもりだし、男性が興奮したらどのような反応を示すかも知っている。

しかし徹底的に異性を避けてきたルーナは、こういった話題には慣れていない。

(だって恥ずかしすぎる……！)

掌で冷やすだけでは到底追いつかず、仮面の中は顔から発される熱によって蒸し風呂のように暑かった。

しかし大真面目に持ちかけられた相談を、個人的事情で突っぱねるわけにもいくまい。シトロンは何も、ルーナに嫌がらせをしているわけではない。真剣に悩みを打ち明け、なんとか解決しようとしているに過ぎないのだ。

(冷静に、冷静に……。これは頭痛や腹痛の相談と同じ。症状で態度を変えるなんて、魔女としてやってはいけないことよ。わたしは国に認められた三代目水晶の魔女なんだから……)

ひとしきり自身に言い聞かせ、幾分かの冷静さを取り戻した後、ルーナは改めて色々と質問をしてみることにした。

「そ、その症状は一体いつ頃からのものでしょうか」

詳細な聞き取りを行うことで、何か解決の糸口が摑めるかもしれない。

例えば最近、何か変わった木の実を食べたとか、何かの折に普段飲まないような薬を口にしたとか。

しかしシトロンの答えは、ルーナの想像していたものよりかなり深刻な内容だった。

「自覚したのは十年以上前だったと記憶しています。十二、三歳になってもそういった変化が見られず、焦っていましたので」

「ええと、つまり今のご年齢は……」

「二十三歳ですね」

この国では、男性が結婚する年齢は二十歳前後が一般的とされている。

ましてやシトロンは公爵家の嫡男である。いずれ公爵となる彼がいつまでも独り身でいるわけにもいかない。

けれど結婚すれば間違いなく、彼に子を残す能力がないことがわかってしまう。

名門貴族にしてみれば、それは家の存続に関わる死活問題だ。

「それは……大変でしょうね」

「ええ、本当に。やれ結婚はまだか跡継ぎはまだかと、周囲が気を揉《も》んでおりましてね。恋人のひとりも作らずにいたものですから、最近ではもしかして女性に興味がないのだろうかといらぬ勘繰りをされる始末で、本当に困っているのですよ」

そう吐くシトロンは、心底疲れたような表情だ。

黙っていればいくらでも女性が寄ってくる容姿をしているのに、おいそれと他人に打ち明けられない悩みによって、これまで相当悩んできたのだろう。

とはいえ、そういった悩みならまずは魔女でなく、医師に相談すべきだ。

魔女の薬は治療にも使われるが、基本的にそれを処方するのは医師である。軽い風邪《かぜ》や擦り傷といった簡単な症状ならともかく、こういった難しい治療は医学の範疇《はんちゅう》となる。

ましてや媚薬は一時的な効果が見込めるだけで、根本的な治療にはほとんど効果がない。

魔法は便利なものではあるが、万能ではないのだ。

それを伝えると、シトロンは苦い顔をした。

「もちろんわかっています。ですがこれに関して言えば、医師には決して解決できないことだと断言できるのです」

「え？」

ルーナの問いかけに対するシトロンの答えは、あまりに予想外のものだった。

「そうですね……、まずはその話をしなければいけませんでした。——あれは、そう。十二年前のことでした」

シトロンが遠くを見つめながら、ぽつりぽつりと昔話を始めた。

それは彼がまだ十一歳の子供だった頃のこと。

王宮の裏庭に小さな噴水があり、その側で小鳥に餌をやったり花を摘んだりして遊んでいたそうだ。

そうしてしばらく経った頃、噴水のほうから何やら大きな音が聞こえてきた。驚いて振り向いたところ、噴水から見知らぬ女性が顔を出し、手招きをしたそうだ。

おかしいとは思ったものの、そこはまだ分別のつかない子供である。ついつい興味を惹《ひ》かれ、誘われるがまま近づいたらしい。

すると女性は意味不明な言葉を残し、たちまち霧のように消えてしまった。まるで、初めからそこに存在しなかったかのように。

「当時、周囲の大人たちは誰もその話を信じませんでした。子供にありがちなことで、空想と現実との区別がついていないのだろうと。けれど思春期を過ぎても、健康な男性にあるはずの兆候が訪れないことで、彼はようやく気づいたのです」

（……ん？）

何かが、引っかかった。しかしそれがなんなのか確かめるより早く、シトロンが口を開く。

「――あの女は、魔女だったのだと」

「ええと……つまりシトロンさまは、不能になったのは何か健康上の問題ではなく、その魔女がかけた呪いのせいだと？」

「はい、そう考えて間違いないと思っています。彼は本当に健康そのもので、診察した医師も首を傾《かし》げていたほどですから」

なるほど。確かに呪いとあらば、医師ではなく魔女の出番だ。しかしそれはそれとして、ルーナには別に気になることがあった。

（……彼？）

先ほどからしばしば、違和感を覚えていたのだ。

なぜシトロンは、そんな他人行儀な表現を用いるのだろうか。

「あの、すみませんシトロンさま。少々確認したいことがあるのですが」

ルーナは小さく挙手した。

「なんでしょう？」

「それって、シトロンさまのお話――ですよね？」

「違いますが？」

あっさりと否定され、長椅子から滑り落ちそうになった。

「そ、そういう大事なことは先に言ってくださいませんか!?」

「おや、初めに言いませんでしたか？　大変失礼いたしました。なにぶん必死だったものですから、お伝えし忘れていたようです。これは私ではなく、私の従兄弟の話です」

忘れていたようです、ではない。一番大事なことではないか。

今まで彼に同情していた時間は、一体なんだったのか。

(完全に無駄だった……！　無意味に同情してしまったわ！)

問題はそれだけではない。

こういったことは、まず本人の口から話を聞くべきだ。

何せ個人の体質に合わせた専用の媚薬を作ってほしい、という依頼である。直接本人から聞き取りをしないことには、配合すら決められない。

(そもそも自分の勃……ききき、機能不全に関する相談を他人に任せるなんて、一体どういう人なのよ!?)

自尊心が邪魔しているのかなんだか知らないが、十歳の子供だって、具合の悪いところがあれば自分で説明できるというのに。

ルーナの中で、会ってもいない患者本人の評価が暴落していく。

しかしいくら気にくわない相手であろうと、助けを求められれば手を差し出すのが魔女の使命。

ルーナは傾いた身体を元に戻し、小さく咳払いを落とした。

「あ、あらましはわかりました。それで、その従兄弟君はどちらに？　色々と確認したいこともございますので、ご本人さまにお会いできればと思うのですが」

「……」

「シトロンさま？」

「ああ、いえ、もちろんです！　早速彼を連れて参りますので、しばらくここでお待ちください」

今の、妙な間と妙な笑顔はなんだったのか。シトロンがさっさと部屋を出て行ったため、つい聞きそびれてしまった。

取り残されたルーナは、しばし彼の帰りを待つことにする。

「それにしても、なんて恐ろしい呪いなのかしら」

『男性を不能にする呪い』なんて。呪文の開発者は、余程男性に恨みでもあったに違いない。

けれど、とルーナは内心で首を傾げた。

他者の身体を傷つけたり、心身に害を及ぼしたりするような魔法の使用は、随分前に法律で禁止されていたはず。

もし破れば問答無用で死罪となる。そんな古の禁術を使ってまで他人を呪おうなど、物騒な魔女がいたものだ。それも、まだ十一歳だった少年を呪うなんて。

一般的に、魔女がかけた呪いを解くには大きく分けて四つの手段が存在する。

『呪いをかけた魔女自身が死ぬこと』

『呪いをかけた魔女自身がその呪いを撤回すること』

『呪文の制作者があらかじめ定めておいた方法に従い、呪いを無効化すること』

『呪いの上から新たに別の魔法をかけ、最初の呪いを破ること』

ひとつ目は魔女の寿命を待つか、あるいは捕縛して死罪にするしか方法はない。

ふたつ目は、魔女がその気になるかどうかが問題だ。

三つ目は、そもそも無効化の手段が文章として残されていなければお手上げである。

となると自動的に、四つ目の方法で解呪するのが一般的となる。

だからこそシトロンも、ルーナに強力な媚薬を作ってほしいと依頼したのだろう。

(うーん。なんとか解呪してあげたいけど……)

一体どんな調合で媚薬を作れば、呪いに打ち勝てるだろうか。

頭の中で薬草大全を繰りながら成分の比率や配合を考えていると、扉の外からシトロンともうひとり、別の男性の声が聞こえてきた。

依頼者本人のお出ましだ。

ルーナが居住まいを正すのと、扉が開いたのはほぼ同時だった。

（おっきい……！）

真っ先に抱いた感想がそれだ。

扉の向こうから現れたのは、黒髪の男性である。

褐色の肌を黒い服に包み、しなやかな筋肉に覆われた腕を、短い袖から惜しげもなくさらしている。

ソジャ男爵が引き連れていた騎士たちに負けず劣らず大柄で、立派な体格をしていた。上背がある分、あの騎士たちより更に迫力がある。

（格好いい……！ それに堂々としてて、王さまみたい）

思わず頬を染めてしまった。なぜなら彼の姿は、ルーナの初恋相手を彷彿《ほうふつ》とさせる凜々しさだったのだから。そう、まるで——。

「〝ゴリラ王ゴリドーン三世〟にそっくり！」

森の全動物を統べる、勇猛果敢で心優しきゴリラの中のゴリラ、王の中の王。

自分の初恋相手とそっくりな人物を目の前にして嬉しくなり、ルーナは手を叩きながら大きく叫んだ。

自分の発言を、相手がどのように受け取るかも知らずに。

「…………いい根性をしているな」

気づけば凍りついた空気の中、低く唸《うな》るような声が響いた。

その声が褐色の大男から発されたのだと気づいた時には既に、彼は大股でルーナの許にやってきて、腕組みをしながら壁のように立ちはだかっていた。

「この、俺が。ゴリラだと!?」

怒気を孕《はら》んだ声音に、ルーナはその時初めて、己の失言を悟った。

言い訳になるが、幼い頃から破天荒な師に育てられ、人生のほとんどを庵に引きこもって暮らしてきたルーナは人の世の常識に疎い。

だからまさか、自分の好きだった絵本の登場人物——ゴリラではあるが——に例えたことで、相手がこれほどまでに怒るとは思ってもみなかったのだ。

「えっ? ご、ごめんなさ——」

とにかく謝らねばと口を開いた。

しかしルーナの謝罪を、男は憎々しげに遮った。それも、最低の悪口で。

「俺がゴリラなら貴様はドブネズミだ、この老いぼれめ!」

「お、老いぼれドブネズミ!?」

「ああ、そうだ。ドブネズミの仮面にドブネズミ色のローブ。心なしかドブの臭いまで漂ってくるな。窓を開けねば悪臭で鼻が曲がりそうだ」

男はわざとらしく手で鼻と口元を覆い、眉間に皺《しわ》を寄せる。

謝罪しようという気が一気に失せた。

「し、失礼な人ね！　これはうさぎの仮面よ！」

確かにルーナは世間知らずだ。ゴリラと言ったのも、一般人の感覚からすれば失礼なことだったのかもしれない。けれど、だからと言ってその仕返しが『老いたドブネズミ』扱いなんてあんまりではないか。

ほんの一瞬でも格好いいなんて思って損をした。

（それに、ローブだってワンピースだってちゃんと洗濯してるわ！）

入浴だって大好きだ。自身で調合した入浴剤や石鹸《せっけん》をたっぷり使い、毎日丁寧に身体を洗っている。甘い香りの花や精製油、蜂蜜などを配合した特製の保湿剤での手入れも欠かさない。

くん、とルーナはさりげなく自身の匂いを嗅いだ。

全然臭くない――はずだ。多分。

「それがレディに対する態度なの!?」

「レディ？　俺の目の前には、初対面の男をゴリラ扱いするような、無礼で薄汚れた老婆しか見えないが……。どこにレディが？」

大げさな身振りで周囲を見回す男の姿に、とうとうルーナは自分が謝罪しようとしていたことも忘れ、拳を振り上げ叫んでいた。

「わたしは！　まだ！　十八歳よ!!」

しかし、ガラガラにしゃがれた声ではあまり説得力がなかったかもしれない。

現に、男はルーナの発言に鼻で笑った。

「自身の年齢すらわからぬとは……哀れな老婆だな」

「わたしが老婆なら、あなただっておじいさんよ！」

完全に、売り言葉に買い言葉である。

シトロンの言によると男は二十三歳。まだ青年と言ってもいい年頃だ。

まさか『おじいさん』呼ばわりされるなど思ってもみなかったのだろう。男は一瞬大きく目を見開き、まばたきした後、額に青筋を立てる。

「言わせておけば、この……っ」

「何よ!?」

強く睨み合い、両者一歩も譲らない。

そんな空気を壊したのは、乾いた破裂音だった。

見ればシトロンが両手を打ち鳴らし、ふたりの間に割って入る。

「はいはい、おふたりとも。その辺にしておいてくださいね。このままだと王宮の外にまで

あなた方の口論が響き渡りますよ」

「元はと言えばこのドブネズミが！」

「だってこの人が！」

声が重なった。

相手を指さしながら同時に不満を訴えたふたりは、互いの行動が被ったことに気づき、ふいっと顔を大きく逸らす。

「落ち着いてくださいと言っているでしょう。ふたりとも、大人げないですよ」

毛を逆立てた猫さながらの雰囲気で互いに背を向け合うふたりに、シトロンは呆れ顔だ。溜息をつきながら眉間に手をやり、やれやれと首を横に振っている。

「魔女殿。どうか彼の言うことは、若さゆえの未熟な発言と思ってお赦しくださいませんか？　それに陛下も。せっかくここまでいらっしゃった魔女殿に対し、あまりに非礼ではありませんか。魔女殿は陛下を助けようと――」

「俺はそんなこと頼んでいないし、魔女なんかに頼るつもりもない。さっさと帰れ、目障りだ」

前半はシトロンに、そして後半はルーナに向けられた言葉だ。

しかし憤るどころではなかった。今、シトロンはなんと言ったか。

「シトロンさま、陛下って――？」

「ええ。彼は現アールベリー国王、アクセル・グルナード陛下です」

それはおよそ国王を紹介するに相応しい重々しさでなく、友人を紹介するかのような軽快な調子で伝えられた事実であった。

「こ、これが王さま!?」

改めて見れば確かに、ルーナが見習い卒業の際、腕環を授与してくれた先王とよく似た顔立ちをしている。

しかし、似ているのは顔だけだ。少なくとも先王は、まだ十四歳だったルーナに対し、丁寧な口調と態度で接してくれた。授与式で緊張のあまりカチコチに固まっていた時、優しい言葉をかけてくれたことを今でも覚えている。

「これが……王さま!?」

衝撃のあまり、ついつい同じ言葉を繰り返してしまう。

王の眉間に皺が寄った。

「おい、〝これ〟とはなんだ」

「はい、残念ながらこれが国王陛下です」

「お前までなんだ、シトロン！」

王がいちいち横で喚《わめ》いていたが、ルーナは無視した。

今、とても大事な話をしているのだ。邪魔しないでほしい。

「シトロンさま……。例の呪いをかけられた従兄弟君って、まさかこの王さまのことではありませんよね？」

「もちろん、〝この王さま〟のことです」

一体この状況で他に誰がいるのか、と言わんばかりの表情である。

なるほど。それもそうだ。

一瞬納得しかけた。

だがしかし、待ってほしい。そういう重要なことは、まず真っ先にルーナに伝えておくべきではないか。

（そりゃ、公爵さまの従兄弟っていうくらいだから、それなりの身分の方だとは思ってたわよ！　でも、まさか王さまなんて……！）

国王の性的機能不全とはそれすなわち、国家存亡の危機である。

君主に実子が存在せず後継問題で荒れ、分裂、あるいは滅亡の一途を辿《たど》った国がどれほど存在するか。それは歴史を繙《ひもと》けば一目瞭然《いちもくりようぜん》だ。

つまり王国の未来は、ルーナの腕にかかっている。

ぶるりと、身体が震えた。

（無理。今からでも断ろう）

そうだ。それがいい。

まだ正式に依頼を受けたわけでもないし、ルーナの作った媚薬で王の体調に異変が生じたらと考えるだけで恐ろしい。

効果が見られないだけならまだしも、具合が悪くなったり妙な副作用が出たりすれば、どのような咎《とが》め立《だ》てを受けることか。

いくら私生活が枯れていると言われようが、さすがに十八の身空で死にたくはない。

幸いにして王本人は、ルーナに媚薬を作らせることに乗り気ではないらしいし、ちょうどいいではないか。

(魔女なんかに頼る気はないって言ってるんだもの。だったら断っても文句はないはずだわ)

しかしルーナの考えることなどお見通しだったらしい。

シトロンはルーナの両手をやにわに掴むと、骨が折れんばかりの勢いで握りしめてきた。

「お願いです！　もうあなただけが我々の希望なのです！」

「ちょ、近いですってば！」

「聞いてください、魔女殿。先日あなたの作成したスケベニナールを陛下のお食事に混ぜたところ、十年以上にもわたってピクリともしなかった陛下の陛下が僅かながら反応したのです！」

「おい、なんだそれは。なんだそのいかがわしい薬は？　何も聞いていないぞ俺は。おい、どうやって確かめたんだ、おい！」

王が焦ったような声を上げるも、シトロンは無視してルーナに縋りつく。

「あなたの作る媚薬は奇跡の薬です！　陛下の身に降りかかった不幸な呪いを解くことができるのは、あなただけなのです！　どうか、どうか我が国を……我が国の未来を救うと思って、陛下を勃起させる手助けをしてくださいませんか!?」

真面目な顔でよくぞとんでもないことを訴えるものだ。

もはや、恥ずかしいとかいたたまれないとかそういう感情を色々すっ飛ばして、恐怖の域に達している。

後ずさりしようとしたルーナだったが、両手を強く摑むシトロンが、それを許してはくれなかった。

「報酬はいくらでもお支払いいたします。金銀財宝でも、土地や城。なんなら百人の美男子でも！」

「い、いえ、そんな……」

財宝やら土地はともかく、美男子百人なんて悪趣味が過ぎる。

「それだけでは納得していただけませんか？　でしたらこのシトロン、首を掻き切ってでも魔女殿に誠意をご覧に入れる所存です！」

暑い。暑苦しすぎる。

涼しげな見た目と違い、この内務長官、なかなかに熱血な性格のようだ。一体どこの世界に、誠意を生首で表現する者がいるというのか。

胸焼けしそうなほど熱心に訴えるシトロンの姿に、正直今すぐこの場から立ち去りたい気持ちでいっぱいだ。

しかし本当にそんな誠意の示し方をされたら非常に困る。最悪ルーナは『内務長官を自殺に追い込んだ魔女』の汚名を負い、一生後ろ指をさされて過ごすことになるだろう。

「つ、作ります。作りますから！　そんなことしなくていいですっ」

「……本当ですか？」

「お、仰る通りにいたしますから、どうか落ち着いてください」

「わかりました。私の誠意が伝わったようで何よりです」

それは誠意ではなく、脅しと言うのではないか。

そう思ったが、もはや突っ込む気力すらなかった。

たった今のやりとりだけでどっと疲れが押し寄せ、ルーナは崩れるように長椅子へ座り込む。

完全に取り残されていた王がシトロンに食ってかかったのは、その直後だった。

「シトロン、勝手に決めるな！　俺は納得していない。誰が魔女の薬など――」

「おや、そこまで頑なに拒絶なさるとは……。もしや陛下は、恐ろしいのですか？」

「……な、何？」

王が虚を衝かれたように、両目をしばたたいた。

シトロンは微苦笑を浮かべながら微《かす》かに首を傾ける。さながら、わがままを言う駄々っ子と、それを前にして「困った子だ」と生暖かい目を向ける大人のごとき構図であった。

「だってそうでしょう？　ようやく長年の悩みが解決されるかもしれないという時に、必死になって魔女殿を追い出そうとして……。お薬を飲むのが怖いなんて、陛下も案外子供のようなところがおありなのですね」

「ふざけたことを！　そんなもの怖いはずないだろうが。俺はただ、魔女が嫌いなだけで──」

「本当にそれだけですか？　実は薬を飲みたくなくて、言い訳しているだけなのでは？　アールベリー国王ともあろうお方が、まさかそのように臆病だったとは……」

わかりやすい挑発だった。

世の中の駆け引きに疎いルーナですら、まさかこんな単純な手に引っかかるわけなかろうと思うほどに。

しかし、王は。時に懐疑的に、そして時に慎重に振る舞わなければいけない立場である王は、あろうことか従兄弟の思惑にまったく気づくことがなかった。

まるで自らの意思で燃えさかる炎の中に飛び込む虫のように、あっさりとシトロンの術中に嵌まってしまう。

「の、飲めばいいんだろうが！」

「いえ、怖いならご無理なさらずともよいのですよ。怖がっている相手に無理強いするなんて、非人道的な真似はできませんから」

「魔女の媚薬など怖いものか。いくらでも飲んでやる！」

変に強がり、勢いよく宣言してしまった時にはもう、後の祭りだ。

「そうですか、そうですか。そのお言葉を耳にできて、私も大変安心しております」

言質は取った、と言わんばかりのシトロンを前に、王の顔はわかりやすいほど青ざめていた。乗せられたのだと、ようやく気づいたのだろう。

「シトロン、貴様……」

「男に二言はありませんよね、陛下？」

「ぐ……っ、勝手にしろ」

王が悔しげに唸る。

どんなに意に染まぬことでも、一度認めたものを撤回するほど彼の自尊心は低くなかったようだ。

「ご理解いただけたなら結構。――それでは魔女殿には早速、媚薬作りに取りかかっていただきましょう」

晴れやかな笑顔を前に、ルーナは思った。
もうどうにでもなれ、と。

三章　王さまとキスしてしまいました

その日のうちにルーナには早速、王宮にある薬品庫と研究室の使用許可、及び客間の一室が与えられた。

破壊された庵の修復が終わるまでおよそ三ヶ月。

その間、ルーナは客人として王宮で過ごしつつ、王のための媚薬作りを行う予定だ。

王宮の薬草園や薬品庫には豊富な在庫があり、希少な材料も揃《そろ》っている。研究室の備品はどれも上等な物ばかりで、丁寧に手入れされていた。

聞けばこの研究室や薬品庫は、代々の王宮お抱え魔女が使用していた設備らしい。

使う者がいない今も、毎日の清掃や手入れは欠かさず行っているそうだ。

薬草魔女にとっては、これ以上ないほどの環境である。これなら庵に戻るまでの間に、満足のいく媚薬が完成するだろう。

そして何より一番重要なのは、人質代わりとなっていたカロがつい先ほど、ルーナの手元に戻ってきたことである。

『ソジャ男爵が、ぜひ魔女殿に誠心誠意謝罪した上で、うさぎをお返ししたいと申しております』

『コノタビハ大変申シ訳ゴザイマセンデシタ』

シトロンに散々絞られたのだろう。ぶすっとした顔でやってきた男爵は、完全なる棒読み口調で謝罪した後、ルーナにカロを返してくれた。

幸いカロには怪我《けが》もなく、特に変わった様子も見受けられなかった。

これで心おきなく、薬作りに取りかかれるというものだ。

「気は進まないけど、頑張らないとね。カロ」

愛する家族に語りかけ、軽やかな気持ちで机に向かう。

「——おい。本人を前に、気が進まないとは何事だ」

帳面を開いたルーナの耳に飛び込んできたのは、不機嫌さを隠そうともしない王の声だった。

（そういえば、いたんだったわ）

晴れたはずの憂いがたちまち戻ってきた。

（というより、わたしが呼んだんだった）

カロとの再会が嬉しくてつい意識の外に追い出していたが、王を研究室へ呼び出したのはルーナ自身だ。

いくら無礼で傲慢な相手でも、依頼は依頼。報酬が発生する以上、きちんと結果を出さなければならない。

そのためには、依頼人の協力が必要不可欠であった。

一日の運動量、睡眠時間、食事の量など生活習慣の他、体質や病歴。また、実際に試作品を口にすることで、どのような反応が見られるか。

ルーナはそれら全てを逐一記録し、最適な媚薬作りに役立てるつもりだ。

だというのに彼は腕組みをしたままの不遜な態度で佇み、ルーナを睨みつけてくる。

そして一挙手一投足を観察——いや、監視していた。

まるで少しでも目を離せば、この魔女が何か妙なことをするのではないかとでも言いたげに。

「王さま。そうして睨まれると集中できません。ご不快な思いをさせてしまったことは謝罪しますので、とりあえずそこの椅子にかけてくださいますか」

「うるさい、黙れ。誰が魔女の言うことになど従うか。大体、なんだその黒い毛玉は」

「うさぎですけど」

「そういうことを聞いているのではない！　まったく、王宮に動物を持ち込むなど何を考えているんだ。それに、その仮面はなんだ」

「うさぎですけど」

王の問いかけの意図がわからないわけではなかったが、ルーナはあえてしらを切った。

自分自身に課せられた呪いや、そのせいで仮面をつけるようになった経緯を、わざわざ王に説明する必要性など微塵も感じない。

「いちいち腹の立つ魔女だな！　そもそも、王と話す時に仮面をつけたままでいいと思っているのか！」

「か弱い老婆相手に声を荒らげる方に、そんなことを言われましても」

心外である、という感情を前面に押し出し、ルーナはわかりやすい当てこすりを口にする。

表面上だけでも丁寧に接しようと心がけていたのに、そんなルーナに対し、王の態度はよいとは言えない。むしろ悪い。最悪だ。

（ゴリラって言われてそんなに怒る？）

ルーナにとって、強くて優しい『ゴリラ王ゴリドーン三世』は永遠の憧れ。だからそんな彼に例えられたことを、王は誇りに思うべきだ。

内心でぷんぷん怒りつつも、ルーナはそれを決して表面には出さないよう気をつける。

（でも、いいわ。わたしは魔女。人々の善き隣人だもの。たとえ依頼人の心が針穴より狭くても、寛大な心で赦してあげないと）

実はこれ以上不毛なやりとりで時間を無駄にしたくないだけ、という本音は見て見ぬふりをすることにした。

「王さま。わたしの指示に従っていただけないのでしたら、いつまで経っても媚薬を作ることはできません。それともシトロンさまに、王さまはやはり魔女の薬を飲むのが恐ろしくて堪らないようだと、ご報告しましょうか？」

「ちっ……」

舌打ちを零しながら、王がルーナから向かって斜め前の椅子にどさりと腰かける。

あくまでルーナと向かい合いたくないらしい。机の上に肘をつくと掌に顎をのせ、ふてぶてしく窓のほうへ視線を逸らす。

「いいだろう。だがまず先に、俺の与えた情報を悪用しないとお前自身の名にかけて誓え」

「〝魔女の宣誓〟ですか？　よくご存じですね」

魔女は生まれつきその身に呪いを背負っている。『自身の名に誓った約束を破ることができない』という呪いだ。

悪用されれば確実に弱点となり得るやっかいな特性であるため、この呪いの存在が一般の人間に知らされることは滅多にないのだが。

「……母から聞いたことがある」

王がちらと、ルーナのほうへ視線を向けた。

（そういえば、王さまのお母さまって魔女だったたっけ）

今は亡き前王妃は伯爵家出身の魔女で、その名に紅玉髄《カーネリアン》を冠する魔女だったそうだ。

亡くなったのはもう随分昔のことだが、乳母に頼らず自らの手で我が子を育て、類い稀なる魔法の才で献身的に夫を支えたと言われている。

その良妻賢母ぶりは市井の人々の間でも評判であり、歴代王妃の中で一、二を争う人気だ。

彼女とは同門で親友同士だったというペッシェも、とても優しく立派な大魔女だったと、いつも褒め称えていた。

そんな素晴らしい女性の息子がこんな捻《ひね》くれた性格だなんて、世の中はままならぬものだ。

（……ん？　お師匠さまの親友の息子……？）

今、何かが引っかかった。

「あのう、王さま……」

「なんだ」

「もしかしてわたしたち、前に会ったことありませんか……？」

よもやと思って勇気を出して問いかけてみたが、返ってきたのは嘲るような笑いだった。

「口説き文句にしては陳腐だな」

――絶対に違う。

あの優しい男の子が、こんな捻くれた大人に成長するはずがない。

ルーナは気を取り直して、話を元に戻すことにした。

「これまでの魔女にも宣誓を？」

「もちろんだ。噂を広められては困るからな」

「では、王さまの閨《ねや》指南をした娼婦たちは？」

魔女は誓いで縛れても、娼婦の口を閉ざしておくことは難しいのではないだろうか。いくら大金を積んで口封じしたところで、噂というのはどこからか漏れてしまうものだ。

「お前は、俺が変装もせず偽名も用いず、馬鹿正直に〝俺はこの国の王だ〟と名乗って娼館の門を叩くとでも思っているのか？」

(口を強力な糊《のり》で引っつけて喋れなくしてやりたいわ)

この王は、いちいち相手を小馬鹿にしないと済まない呪いにでもかかっているのだろうか。嫌みな薄笑いに、ルーナは辟易《へきえき》してしまう。

「いいか、シトロンのことは上手く丸め込んだようだが、俺はお前を信用していない。俺は母以外の魔女が大嫌いなんだ。本来なら、こうして話しているだけでも虫唾が走るほどにな」

「虫唾が走るって……」

あまりに傲慢な物言いに唖然《あぜん》としてしまうが、この王に対していちいち怒っていては、一晩経っても話が進まない気がする。

(大人に。大人になるのよ、水晶の魔女ルーナ・ココ。この王さまは、身体が大きいだけで精神状態はわがままなお子ちゃまなんだから。三歳児に接するつもりで話さないと)

平静を保つため少々、いや、かなり失礼なことを考えつつ、ルーナはお子ちゃま——もとい王へ問いかける。

「魔女嫌いになったのは、呪いをかけられたせいでちゅ……」

いけない、つい赤ちゃん言葉で喋りかけそうになってしまった。

「こほん。……呪いをかけられたせいですか？」

世の魔女全員が悪い人間でないことは、魔女を母に持つ王もわかっているはずだ。

しかし、アールベリー王国には昔から『医者が憎けりゃ白衣も憎い』ということわざが存在するくらいである。

きっと彼の心は自身が呪いをかけられたとわかった時から、『魔女』という存在そのものへの憎しみに囚われているのだろう。

「……それだけではない。これまでにも何人もの魔女が高額の報酬に釣られてやってきたが、誰ひとりとして俺を治すことなどできなかった。それだけならまだしも、俺に取り入るため色仕掛けをする者や、魔法で強引に惚《ほ》れさせようとする痴《し》れ者《もの》までいたほどだ」

なるほど、それは確かに魔女嫌いになるのも仕方ないかもしれない。

(呪い以外にもそんな目に遭わされていたなんて、さすがに可哀想《かわいそう》だわ)

依頼人の弱みにつけ込んで色仕掛けをするなど、職業意識が欠けているにもほどがある。

ましてや現代では禁術とされている、人の心を操る魔法を使うなんて。

「そういうご事情なら、わかりました。ご依頼主さまを安心させるのも魔女の務めですから」

いけ好かない王だが、同じく呪われている身として、彼の苦悩はよくわかるつもりだ。

少しだけ、彼の思いに寄り添ってみようと思えた。

王の悩みを解決するため多少の理不尽に耐える覚悟を決め、ルーナは右手を挙げる。

「〝わたしこと三代目水晶の魔女ルーナ・ココは、依頼人アールベリー国王アクセル・グルナードに関する情報を決して漏洩《ろうえい》、及び悪用しないことを誓います〟」

誓いの言葉は呪文に。名は魔女を縛る枷《かせ》となる。

ぽっと心臓の辺りが光り、すぐに消えた。王は横目でそれを確認し、吐き捨てるように一言告げる。

「――俺は忙しいんだ。早く終わらせろ」

歩み寄ろうとしている矢先に、出端をくじかれるのはどうにかならないものか。

（……我慢。我慢よ。耐えるって決めたばかりでしょ）

ルーナは喉まで出かかった言葉を呑み込んだ。

別に相手がどんなに偉そうだろうと、頑なに目を合わせようとしなくとも、聞き取りはできる。

また言い争いにでもなったら、そのほうが時間の無駄だ。仕事に徹しよう。

「それではまず、毎日の起床時間と就寝時間、それから――」

淡々と質問を口にすれば、王は相変わらずむっつりとしながらも、驚くほど事細かに答えを返した。

早くこの場を立ち去りたいという一心なのだろうが、ルーナにしてみれば、情報量は多いほうが助かる。

特に、王族が幼い頃から微量の毒薬を摂取することで毒殺に備えている、という情報は非常に役立った。

毒と薬は紙一重である。効きもしない弱い薬を作って、時間を無駄にしないで済むのはありがたい。

「後は、そうですね。王さまに呪いをかけた魔女について伺っても？」

「それが薬作りに何か関係あるのか？」

にべもない返事である。眉間の皺はますます深まり、声は毬栗《いがぐり》のように刺々《とげとげ》しい。

「もしかしたら何か役立つ情報があるかもしれません。例えば髪の色とか、目の色とか、顔立ちがわかれば、どこの魔女か調べることだってできるかも」

王宮に保管されている魔女名簿には、魔女の名前や住所だけでなく、外見や特徴なども記録されている。それを基に、王に呪いをかけた魔女を炙《あぶ》り出《だ》せば、解呪も容易になるのではないだろうか。

しかしそんなルーナの考えを、王は鼻で笑った。

「浅はかだな。お前が考える程度のことなど、とっくに思いついている。俺に呪いをかけた魔女の外見は、」

そこで一旦、王の言葉が切れる。彼は眉間に皺を寄せ、当時を思い出したかのように不快そうな顔になった。

「……老婆のような白髪に、薄ぼけて青とも灰色ともつかん目をした、人相の悪い女だ。名簿に載っているどの魔女とも一致しなかった」

「闇魔女、ということでしょうか」

一般的に、魔女としての素養がある人間は師の下で魔法を学ぶものだが、ごく稀にそんな理《ことわり》から外れた魔女がいる。

独学で魔法を学び、国の名簿に載ることもなく、野良《のら》の魔女として占いなどをしながら生計を立てる彼女たちのことを、一般的に『闇魔女』と呼ぶのだ。

国家の承認を受けなければ、正式に『魔女』を名乗ることも、魔法を使うことも許されない。もしその禁を犯せば重い罰則が課せられる。

もっと昔、五十年も遡れば闇魔女も多く存在したようだが、この時代になってもまだそんな魔女がいたとは。

それも王宮に忍び込んでまで王——当時の王太子に呪いをかけるなど、正気の沙汰とは思えない。

「やつがどこの誰なのかはわからん。突然現れ呪いをかけたと思ったら、次の瞬間には消えていたのだから。だが、王家に恨みがあることは間違いない。亡き父には俺ひとりしか子が生まれなかった。つまりこれは、血統を絶やすための呪いだ」

王は忌々しげに奥歯を噛みしめていた。

現れてすぐ消えたという彼の言葉が本当なら、その場ですぐ衛兵を呼んでも、魔女を捕らえさせることは不可能だっただろう。

王の身に降りかかった呪いが継続しているということは、その魔女は存命ということだ。

そんな強力な呪文を操る魔女が野放しになっているとは、考えるだけで恐ろしい。

「それは……お気の毒でしたね。わたし、王さまの呪いを解くために精一杯――」

「ふん、皆初めはそう言うんだ。どうせ貴様も報酬が目当てなのだろう。王に取り入れば美味《うま》い汁が吸えると思ったのかもしれないが、そんな真似は無駄だ。姑息《こそく》な魔女め」

(前言撤回、誰が気の毒なんて思うもんですか)

本当に心から同情した上での言葉だったのに、なぜ捻くれた捉え方をするのか。

それに、ルーナは報酬に釣られたわけではない。ソジャ男爵という名の人攫いによって、無理矢理ここへ連れてこられただけだ。

しかしどうせこの頑固な王は、ルーナの言い分など端から信じる気もないだろう。

「そう思うのでしたらご勝手に。でも、わたしの仕事の邪魔だけはしないでくださいね」

「言われずとも、不必要に魔女と関わるつもりはない。俺は執務に戻るぞ」

そう言いながら、もう椅子から立ち上がっている。

「ええ、どうぞ。これから医務官さまからもお話を伺い、情報を整理して試作品に取りかかりますので」

ルーナは引き留めなかった。ひとまず必要な情報は得ることができた。後は試作品を飲ませてからの話だ。

「……どのくらいかかる」

扉を出て行く直前、少し振り向いた王が問う。

多少ルーナの薬に期待してはいるのだろうか。硬い声は、僅かに不安そうな響きを帯びていた。

「お昼過ぎまでには第一弾ができあがる予定です。執務室までお持ちいたしますね」

返事はなかったが、王が小さく頷いたのが見えた。

◆◆◆

宮廷医がやってきたのは、それからすぐのことだった。

山羊髭が特徴的な優しげな老医師で、王が赤ん坊の頃から世話をしてきたらしい。もちろん彼も、王の秘密を知る数少ない人間のうちのひとりだ。

自分にできることならなんでも協力するから、くれぐれも王のことを頼むと熱心に頼み込まれた。

王の主な病歴、薬物や食物による副作用の記録などが記された帳面を手に入れ、ルーナは早速作業に取りかかる。

釜や計量器、調薬用の匙《さじ》に木べら。すりこぎにすり鉢。

諸々の材料を倉庫から引っ張り出し、薬草園からも新鮮な薬草や花を摘んでくる。

「スケベニナールで効果が出たんだったら、まずは同じ材料で、濃度が少し高めの媚薬を作ってみようかしら。王さまの体質を考えたら、鈴葛《すずかずら》の蔓《つる》は少なめがよさそうよね。アンドラージュは倍にしてもいけそう。それから石トカゲの肝と乾燥石榴《ざくろ》と……」

頭の中で計算しながら、小さな釜の中に材料を放り込んでいく。

既に加工された材料が多く揃っていたため、作業は普段に比べてかなり楽だ。長い木べらで釜を混ぜつつ、注意深く観察しながら煮詰めていく。

状態の変化に合わせて更に材料を追加し、少しずつ魔力を注げば、初めは黒かった液体が徐々に赤くなってきた。

「――よし、できた」

釜を火から下ろしたルーナは、媚薬を裏ごしして清潔な壺に移し替える。後は、冷ましたものを本人に飲ませ、反応を見てみるだけ。

普通の人間に飲ませれば牛や花瓶相手にでも発情するであろう代物だが、毒や薬に耐性のある王にはそこまでの効果はないはずだ。

「見て、カロ。この色ツヤ、とろみ。完璧だわ――って、寝てる?」

薬の出来を披露しようと壺を持ち上げたところで、ルーナはカロが床にぺたんと伏せたまま、健やかな寝息を立てていることに気づいた。

朝から慣れない環境に置かれ、疲れてしまったのだろう。

(このまま寝かせてあげよう。でも、冷たい床の上じゃ可哀想だわ)

見渡せば、カロの寝床になるような手頃な籠が見つかった。

ルーナは早速、椅子の上に置いてあったクッションを籠の底に敷き、その上にそっとカロを横たえる。

「今日は酷い目に遭わされたものね。ゆっくりお休みなさい、カロ」

上下する腹を撫で静かに告げると、ルーナは再び作業台に向き直った。

「――さて。次はこの酷い声をなんとかしなくちゃね」

このまま放置すれば、完全に声が出なくなってしまいそうだ。

媚薬が冷めるまでにはまだ少し時間がかかりそうだし、その間に喉に効く薬草を煎じて飲んでおこう。

ルーナの薬はよく効く。飲んで半刻もすれば、きっとすっかり元通りだ。

◆◆◆

指先で苛々《いらいら》と机を叩きながら、アクセルは執務室で書類を捲っていた。文字通り、ただ捲っているだけだ。作業は何ひとつ進んでいない。

理由は明らかである。

――この王宮に、魔女がいるせいだ。

「ああ、忌々しい！」

ダン、と机に手を置き、アクセルは椅子から立ち上がった。先ほどから何度書類と向き合っても、苛々するばかりで集中できない。

幸いにして、今のところ特に急ぎの仕事はなかった。

少し仮眠でも取って気分を落ち着けようと、アクセルは執務室から続き間となっている私室へ足を踏み入れた。

楽な服に着替えて長椅子に腰を下ろし、横になりつつ天井を睨みつける。

天井にはなんの恨みもないが、今日起こった出来事を思えば、自然と目つきが悪くなるのも仕方がないというものだ。

『ゴリラ王ゴリドーン三世にそっくり！』

あの三代目水晶の魔女——確かルーナ・ココという名前だったか。彼女がしゃがれ声でそう言い放ったことを思い出すなり、怒りが蘇った。

自慢ではないが、アクセルは女性からの人気が非常に高い。

国王という立場も理由のひとつではあるだろうが、それだけでないことは、女性たちの反応を見ていれば明らかだ。

舞踏会や夜会に顔を出すたび黄色い歓声が上がるし、頬を赤く染めた貴婦人たちからうっとりとした視線を向けられる。

(なのにあの老魔女め。よりにもよってそんな俺を、ゴリラだと……！)

ゴリラ。全身を黒い体毛に覆われた、強面のあの動物だ。

賢く温厚で優しい動物らしいが、ウホウホ雄叫びを上げながら太い両腕で胸を叩くあの姿からは、とてもそんな性格だとは想像できない。

そのため一般的には、凶暴かつ野卑な人間の代名詞——いわゆる悪口として使われる傾向にある動物だ。ゴリラという動物そのものに対する評価はともかく、初対面の人間の呼称として適切でないことは確かである。

シトロンからは『あなたを救ってくださるかもしれない魔女殿に対し、ドブネズミとはなんですか』などと説教されたが、知ったことか。

あの魔女、ルーナはシトロンが勝手に呼びつけたのだ。アクセルが頼んだわけではないのならば、礼を尽くす必要がどこにあるというのだ。

「……魔女なんか大嫌いだ」

これまで王宮を訪れた魔女たちのことを思い出すだに、胸がむかついてくる。

無理矢理キスしようとしたり、裸で迫ったり、やけに露出度の高い服装で色仕掛けをされたり――。

もちろん、そんな下心見え見えの安い手に乗るアクセルではないが、魔女たちは王に拒まれたことが不満だったようだ。

王宮から出て行くよう告げるなり、『顔だけが取り柄の×××野郎!』だの『×××のくせに偉そうに!』だのと、とても口にはできない罵詈雑言《ばりぞうごん》を浴びせてきた。

『魔女の宣誓』をさせていなければ、今頃彼女たちは国中にアクセルが不能であるという噂をばらまいていただろう。

しかし実際のところ、アクセルは完全に不能というわけではない。

それはシトロンにも、そして宮廷医にすら話していない秘密。ある条件下においてのみ、下半身が顕著に反応するという事実だ。

それこそがこの呪いの最も恐ろしいところであり、不能であること以上に、アクセルを悩ませてきたことなのだが――。

溜息をついたその時、扉を叩く音が響いた。

侍従だろうと、相手の声も確認せず招き入れたアクセルは、扉の向こうから奇怪な仮面が現れたことに大いに驚く。

正確に言えば、奇怪な仮面を被った老魔女が――だが。

彼女は手にしていた籠を部屋の隅に置くと、その中から小さな瓶を取り出し、アクセルに近づいた。

「試作品が完成したのでお持ちいたしました。飲んでいただけますか？」

「は……？」

不覚にもまともな返事ができず、後ずさる。

仮面の向こうから聞こえてきたのが、明らかに若い女の声だったからだ。

「だ、誰だ、お前――」

「誰って……三代目水晶の魔女ですけど。少し前にお話ししたばかりなのに、もう忘れたんですか？　物忘れに効く薬も飲みます？」

呆れたような口調や小生意気な言い回しは、確かにあの女のものだ。

しかしその声は。先ほどのしゃがれがなんだったのかと言いたくなるような、澄んだ音色であった。

「王さま？」

「こ、声が。声が違うじゃないか」

やっとの思いでそう告げると、ルーナが喉をさすりながらこともなげに頷いた。

「ちょっと喉を痛めてたもので。でも、だいぶ回復しました」

回復したと言うからには、この声こそが彼女の地声ということなのだろう。しかし。

(わ、若い女じゃないか！　誰だ、老婆と言ったのは！)

老婆と思い込んでいた相手が若い女であった。女慣れしていないアクセルは、それだけで軽い恐慌状態に陥ってしまう。

「あの、どうかしました？」

「べ、別にどうもしない！」

自身になんら非がないことで怒鳴られ、ルーナは明らかにむっとした様子を見せた。

「じゃあいつまでもボサッとしてないで、さっさと飲んでくださいませんか？　こっちも暇じゃないので」

「無礼な。俺とて暇ではない。後で飲むからそこに置いておけ」

「後でじゃなくて、今！　ここで！　飲んでください！　一回で効くか、続けて飲まないといけないか確認したいので！」

「なっ⁉」

アクセルはぎょっと目を剝いた。小瓶の中に入っているものは、特に年若い異性の前で飲んでいいような代物ではない。たとえそれが、どんなに無礼千万な魔女だとしても。

「そ、その必要はない」

「何言ってるんですか。どの程度の効果が出たか確認しなければ、改良のしようがないじゃないですか」

どうやって効果が出たことを確認するつもりなのか。まさか下半身の状態変異でも観察するのかと疑問に思うが、恐ろしくてとても聞く気になれなかった。

「ちょっと……さっきからどうしたんですか？　挙動不審ですよ」

「うううるさいっ！　効果が出たかどうかは後で報告するから出て行け！」

「うるさいとはなんですか、失礼な！　王さまが飲むまで、わたし部屋を出て行きませんからね！」

この時のふたりは、売り言葉に買い言葉で、互いに意固地になってしまっていた。

すっかり媚薬を飲ませる気満々のルーナと、追い出したいアクセルの主張は平行線のまま、取っ組み合いにまで発展してしまう。

一応名誉のために言わせてもらえば、最初に手を出したのはアクセルではない。彼女のほうだ。

といっても、ルーナとて別に殴ったり蹴ったりしたわけではない。長椅子に座るアクセルの上にのしかかり、強引に媚薬を飲ませようとしたのだ。それもどうかとは思うが。

「離せ、やめろっ！」

「大人しくしなさいっ。王さまのためなんですよ！　天井の染みでも数えていればあっという間だからじっとしてて！」

普通その台詞は男が言うのではないか。いや、そんな艶っぽい状況では一切ないのだが。

「くっ……、女が軽々しく男の上に乗るんじゃない！」

アクセルにとって珍獣のようにしか思えない相手とはいえ、一応は女性だ。

至極まっとうな反論であったが、ルーナは聞く耳を持たなかった。全体重をかけ、両手両足全てを駆使してアクセルの動きを封じようとする。

腕力で言えば、間違いなくアクセルが勝っていた。彼女の腕は細く、少しでも力を込めればぽっきりと折れそうなほどだ。

ルーナが全力を出しても簡単に跳ねのけられる。そのくらいの力の差があった。

しかし、だからこそ難しかった。力加減を少しでも間違えれば、相手に怪我を負わせてしまう。そんな状況で、むやみやたらに抵抗できるはずがない。

ルーナを引き剝がそうと肩や腕を押し返すも、手加減してしまうせいでまったく効果がなかった。

膠着《こうちゃく》状態に陥ったことを悟り、アクセルはせめて口だけでもと必死で反撃する。

「離せこの愚か者！」

「愚か者って言うほうが愚か者なんですぅー！」

やたら嫌みな言い方である。

（五歳児かお前は！）

一瞬そう口にしかけたが、見事に自分へ跳ね返ってくることに気づき、すんでのところで止めた。

「ああ、もしかして王さまって苦いのが嫌いなんですか？　だったらお子さま舌の王さまのために、甘いシロップ風味にでもしてあげましょうかー？」

だめだ、完全に馬鹿にされている。王への敬意や礼節などあったものではない。

アクセルの頭のどこかで、ぷちっと何かが切れる音がした。

「この……っ。大人しくしていれば調子に乗りおってこの駄魔女めが……！　降りろ！　重い！　お前の重みで足が折れる!!」

「だ、駄魔女!?　重み!?　レディに向かってこの、この――このフルーツポンチ！　悪戯妖精！　最低最悪の不親切王さま！」

（なんだその悪口は）

——この魔女が口喧嘩《くちげんか》に慣れていないことだけはよくわかった。

口で言い負かして生意気な魔女の鼻っ柱をへし折ってやろうと、アクセルは攻勢に転じる。

「うるさい。きゃんきゃん喚くな象女」

「象!?」

「ああそうだ。貴様の重さで複雑骨折したら、慰謝料を請求するからな!」

実際のところルーナは、きちんと食事をとっているのか不安になるほどの軽さだったが、この際事実などどうでもよい。今のアクセルにとって最も重要なのは、彼女を自分の上から退《ど》かすことだけだ。

(いい年して、俺はなぜこんな情けない言い争いを繰り広げているんだ)

頭のどこか片隅で、己の醜態を嘆く冷静な声が聞こえてくる。

確かに、少々頭に血が上りすぎているという自覚はあった。魔女と取っ組み合いをしながら幼児のような悪口雑言を浴びせ合うなんて、普段のアクセルならありえない。

だが、それはルーナのほうにも原因がある。どこの世界に、王に馬乗りになる魔女がいるというのだ。

しかし、その直後。ルーナが声を失い凍りついたのを見て、初めて、アクセルは自分が言いすぎたことに気づいた。

彼女はアクセルから僅かに身体を離すと、俯《うつむ》き、押し黙る。その肩は、小さく震えていた。

（な、泣いて……いるのか？　まさかな、こんな無神経魔女がそんな繊細なはず――）

どうせ嘘泣きだろう。笑い飛ばそうとしたが、指先が白くなるほど強く小瓶を握りしめる姿を見せられたら、さすがに青ざめるしかない。

（お、おお、俺のせいなのか？）

今この状況で、他に誰がルーナを泣かせることができるというのか。そんな簡単な事実もわからなくなるほど、アクセルは動揺していた。

ひとつには、この気丈な魔女が泣いたということ。更に、自身が生まれて初めて女性を泣かせてしまったという事実に、である。

確かに、ルーナの態度は強引だった。けれど彼女は彼女なりに、アクセルの症状を治そうと思ってくれていたのだ。

そんな相手に対し、いくら売り言葉に買い言葉の勢いとはいえ、さすがに『重い』とか『象女』は言いすぎた。

（あ、謝らなければ……！）

立場上、謝罪『される』ことには慣れていても『する』ことにはまったく慣れていない。それでもアクセルはぎこちなく口を開き、非礼を詫びようとした。

「す、すま――」

しかしアクセルが不器用な謝罪を全て口にするより早く、ルーナが再び牙を剝いた。

「もう赦さないんだから！」

そう叫ぶと、目にも留まらぬ速さでアクセルの鼻を摘まみ、小瓶の口を強引に口内へ突っ込んだのだ。

どうやら彼女は泣いていたわけではなく、怒りに打ち震えていただけらしい。そう気づいた時にはもう遅い。

「うぐっ！」

抵抗する間も与えられず、小瓶の中身がアクセルの口内を一気に満たした。反射的に嚥下《えんげ》してしまい、どろりとした液体があっという間に喉の奥を通り過ぎ、胃の中へ落ちていく。

「やった！」

ようやく薬を飲ませることができて満足したのか、ルーナはアクセルの鼻からぱっと手を離し、ひとりで喜び始めた。

「ごほっ、げほっ。何が〝やった〟だ！」

ほんの少しでも罪悪感を覚えた自分が馬鹿だった。

薬液が喉に絡みつく不快感に噎《む》せながら、アクセルは彼女を強引に押しのけようとする。

しかし何度も咳き込み視界が潤んだせいか、少々目測を誤ってしまったようだ。

指先が何か無機質な物体に触れ、そのまま軽く弾き飛ばす。ルーナが小さく悲鳴を上げ、遅れてカランと乾いた音が響いた。

「仮面が……っ！」

焦ったようなその言葉で、アクセルは自分が弾いたものの正体を知る。

反射的に謝罪を口にしようとした。しかし、視界の端で何かがきらめくのを見た瞬間、思わず手を伸ばし、魔女の手首をきつく摑んでいた。

それは、髪だった。

仮面が外れた拍子に落ちたであろうフードの下から現れた、水色がかった銀の髪。冬の妖精が紡いだ絹の糸のように細く、艶めいている。

次にアクセルの視線を奪ったのは、長い銀の睫《まつげ》に縁取られた青い瞳だった。海の底から掬《すく》い上げた水の中に、いくつもの星を浮かべたような、不思議なきらめきを宿している。

乳白色の肌は白磁のように滑らかで、頬だけがほんのりと赤く色づいている。唇は淡い紅色。薔薇の花びらのような、可愛らしい形をしている。

人形に魂が宿っているのだと言われても思わず信じてしまいそうなほど、整った顔立ちだった。恐らくまだ十六、七歳程度の年若い娘だ。

アクセルは石のように動きを止め、まじまじとルーナの顔に見入る。

もしここに第三者がいれば、王が可憐《かれん》な少女に見とれているように感じたことだろう。

しかし、決してそうではない。

「お前――」

その顔は。そして髪と目の色も。忘れもしない十二年前、幼いアクセルに呪いをかけ、なんの手がかりも残さず消えた忌まわしき魔女と瓜二《うりふた》つであった。

(これは、夢か？　幻覚か？)

アクセルは無遠慮に手を伸ばした。抗議の声も構わず、彼女の頬に触れる。

掌に滑らかな感触と共に、確かなぬくもりを感じた。

夢幻の類いではない。彼女は確かに、そこにいる。

その瞬間、身体の中心に煮《に》え滾《たぎ》るような強い熱を覚え——。

気づけばアクセルは強く魔女を引き寄せ、彼女の唇を奪っていた。

四章　呪いと媚薬の効果

これは一体なんなのだろう。

唇を塞ぐ柔らかく熱い感触に、ルーナは目を瞠《みは》る。

王に不意打ちで媚薬を飲ませ、喜んだのもつかの間。彼の手が弾き飛ばした仮面を拾う間もなく、手首を掴まれていた。

彼は何か信じられないものでも見るような目つきで、ルーナの顔をまじまじと見つめていた。だから、レディの顔をじっと見るなんて不躾《ぶしつけ》だと抗議して、それから。

(それから……どうなったんだっけ)

突然の事態に理解が追いつかず、なんだか頭がぼんやりとしてしまう。

酩酊《めいてい》状態のような、あるいは夢の中をたゆたっているような、ふわふわと不思議な感覚だった。

(でも、何かしら。すごく気持ちいい)

考えることを放棄して、このままずっとこうしていたいと思ってしまう。

そんなルーナの鼻腔に、ふわりと、甘い匂いが忍び込む。清涼感と色香を感じる、男性的な匂い。

（これ、王さまの香水……？）

なぜ、こんな間近から香るのか。

自問した瞬間、背筋にぞくりと甘い刺激が走った。王の手が、服越しにルーナの腰を撫でたのだ。

どこか生々しい感触に、夢から一気に覚めたような心地になった。

正気に返ったルーナは、自身の唇を塞ぐものの正体をようやく知る。

（わたし、王さまに、キスされてる……？）

まさか媚薬を飲んだせいなのか。しかし、あの薬には、『ドブネズミ』と罵っていた魔女相手に構わず口づけてしまうほどの、理性をなくすような強烈な効果はないはずだ。

しかしそんなことを色々考えたところで、ルーナが王に口づけをされているという事実は何も変わらない。

（呪いが……っ！）

王の胸を強く押し、離すよう訴える。

しかし鍛え上げられた男の身体は、そんなことではびくともしなかった。

「ん、んんぅ……っ」

気づけば、口の中に何かが侵入してくる。ぬるりとして生暖かく、まるで生き物のようにルーナの口内を這いずり回っていた。

いくら初めての口づけでも、さすがに侵入者の正体がわからぬほどルーナも鈍くはない。

(舌が、入っ……)

そういう種類の口づけがあることは、女将から聞いて知っていた。唇を触れ合わせるだけでなく、舌を入れつつ絡ませ合ったり、唾液を交換したり。

しかし正直な話、他人の身体の一部を口の中に受け入れた挙げ句体液を交換するなど、気持ちが悪いと思っていた。

それなのに今、ルーナが覚えているのは嫌悪ではなかった。驚愕《きょうがく》と戸惑いの中に、妙な安心感と心地よさが同居する。そんな不思議な感覚だ。

「ふぅ、ぅ……」

呼吸さえままならないほど深い触れ合いに、くらくらと目眩《めまい》がする。

これ以上続けては危険だ。抵抗しなければと、心が警鐘を鳴らしている。

しかし、その時には既に手遅れだった。

「んんッ……!?」

内股にこれまで感じたことのない疼痛《とうつう》を覚え、ルーナは小さく呻《うめ》き声《ごえ》を上げる。

我慢できないほどの痛みではないはずだ。それなのになぜか、呼吸が荒くなるのを止められず、口を離した。

「は……、はぁ……、あ、何……っ」

両腕で己を抱きしめながら苦悶《くもん》の声を漏らす魔女の異変に、間近で見ていた王が気づかないはずもない。

「お、おい――どうした！　どこか具合でも悪いのか？」

我に返った王の問いかけに、しかしルーナは返事をする余裕すらなかった。

（こ、これって……呪いの効果……？）

自然と鼓動が速まり、息が上がる。目は潤み、頬も全身の肌も、これまでにないほど火照っていた。

腹の奥が切なく疼《うず》き、足の間が勝手に湿り気を帯び始める。

体験したことはなくても、人体の仕組みを学んだり女将から話を聞いたりした上で、知識としては知っていた現象――。

（わたし、発情してる……の？）

ルーナにかかっている呪いの性質を考えれば、呪いの発動時にそういった現象が起こっても、おかしくはないのかもしれない。

それでも、いざこうして呪いが発動するまで、まさか身体にこんな変化が起きるとは思ってもみなかった。

辛い。苦しい。唇を噛んで必死に堪えるが、強引に引き出された本能を抑え込む術を、ルーナは知らない。

ただ、目の前の男が欲しい。頭の中が欲望一色に塗りつぶされそうになる。

「あ……あぁ、やだ……だめ……っ」

内股のじくじくとした疼きが徐々に触手を伸ばし、身体全体を搦め捕り侵食していくような感覚があった。

頬を紅潮させ、目を潤ませ自らの身を掻き抱きながら、喘《あえ》ぎ声にも似た苦悶の呻きを零す魔女を見て王は何を思っただろうか。

潤んだ視界の端で、ルーナは彼が一瞬声を詰まらせ、拳を握りしめたのを確かに見た。

「っ待っていろ、魔女。すぐに医務官を呼んで、」

「いや……っ！」

踵《きびす》を返して部屋を出て行こうとする王の袖を、ルーナは慌てて摑んだ。

(冷静に、ならないと……っ)

頭の中では確かにそう考えているのに、気づけば王の逞《たくま》しい腕に縋りつきながら、涙混じりの声で必死に訴えていた。

「や……、行かないで。いやなの、こわい……っ」

王は大きく目を見開いたまま、凍りついたように動きを止めている。

それが驚きなのか、呆れなのか、あるいは怒りなのか。彼の心情を慮《おもんぱか》る余裕は、今のルーナにはない。

「お願い、王さま……行かないで。ここにいて……っ」

「なに、を」

王がようやく放心状態から回復したのは、何度目かの訴えの後だった。

彼もここに至ってようやく、ルーナが単に具合が悪いわけではないことに気づいたらしい。

眉間に皺を寄せ、ルーナの手を剝がそうとする。

「駄目だ、離せ。このままだと——」

一見すると冷静に見えるが、彼もまた抜き差しならない状態に追い込まれているのは間違いない。

ルーナを気遣いながらも、その瞳の奥にはちらちらと、欲望の炎が見え隠れしていた。

一方は媚薬によって。そしてもう一方は呪いによって。

強引に発情させられた男女は、狂おしいほどに互いを求め合っていた。

「王さま、おうさま……」

媚《こ》びるような甘ったるい声が自然と零れ、ルーナは火照った頰を、はしたなく王の掌に擦りつける。そうすれば、少しだけ気持ちが落ち着いたような気がした。

びくりと震え身を引きかけた彼の手もまた、ルーナの頰と同じくらい熱かった。

なんて愚かなことを、となけなしの理性が訴えている。

今この場にいるのは、呪いによって発情した女と、媚薬を飲んだばかりの男だ。

そんなふたりが密室にいてどうなるか。いくら世間知らずの魔女でも、その結果は容易に想像がつく。

だが、呪いに侵されたルーナの危機管理能力は、今や幼子以下だ。

（どう、しよう……。どうすればいいの……）

それは、ある意味簡単な話ではあった。

命と貞操、どちらを選ぶか。たったそれだけの問題だ。

そして現実的に考えてどちらを選択するのがよいか、答えなどわかりきっていた。

ルーナには、家族《カロ》がいる。友人や、ルーナの薬を必要としている客も大勢いる。それら全てを失うには、十八歳という年齢はあまりに若すぎる。

生きたい。そして生きるためには、王と身体を重ねなければならない。

頭では理解していても、簡単に納得できるかというと話は別だ。

ルーナは処女だ。そして目の前にいるのは、好きでもなんでもない相手である。

愛のない行為なんて嫌だ。でも、死ぬのはもっと嫌だ。

自分でも、もうどうすればいいのかわからなかった。

（怖い、怖い、怖い……っ）

さまざまな思いや感情がぐちゃぐちゃに入り乱れて、泣き出したくなる。

本能が理性を凌駕《りようが》していくのが、自分でもわかる。このままでは、いずれ欲望に呑み込まれてしまうだろう。そのことが、ひたすら恐ろしい。

「助けて……」

無力なルーナにできたことと言えば、恥じらいも慎み深さもかなぐり捨て、王に縋りつくことだけ。

「つ、――おい、やめろ。そんな顔で男に抱きついたら、どうなるかくらいお前にも……」

「お願い、お願い王さま……助けて……苦しい……っ」

王の制止もほとんど耳に入らないまま、ルーナは身体をくねらせ、彼の腕に肌を擦りつける。

引きこもりの魔女に、異性の誘い方などわかるはずがない。

だが、もしここに第三者がいたなら、もの知らずな魔女に教えてくれたことだろう。ルーナにとって苦痛を和らげるためのその行為が、どれほど男を煽《あお》るかを。

無垢《むく》なルーナは、自分の取った行動の意味を深く考えもしないまま、目の前の男に繰り返し救いを請うた。

そうして、どれくらい経った頃だろう。

王の口から舌打ちが零れたかと思えば、その立場に到底相応しくない悪態が飛び出す。

直後、ルーナに向けられたのは、信じられないほど真面目な視線だった。

「――いいのか」

短い問いが何を指しているのか、すぐにはわからなかった。

「お前に触れて、抱いてもいいのかと聞いている！」

王の言葉は端的だった。非常に直截《ちょくせつ》で、わかりやすく、そしてほんの少しの苛立ちと焦燥を感じさせる。

彼もまた、常の余裕を失っているのだろう。ただそれが、ルーナより僅かにマシだったというだけの話で。

熱っぽく掠《かす》れた声の問いかけに、ルーナは悩む間もなく頭を縦に振っていた。

「後悔、しないか」

「しません……っ、しないから、早く……！」

半ば悲鳴のような懇願を合図に、王がルーナの髪紐を解いた。長い銀の髪がはらりと広がり、首筋を掠める。

「んっ……」

もはやその感触にすら声を零すほど、ルーナの身体は昂《たかぶ》っていた。

鋼のような男の腕が、細い女の身体をいとも軽々と抱き上げ、常と変わらぬ足取りで寝台へ運ぶ。

仰向けにそっと下ろされたルーナの背中を、柔らかなクッションが受け止めた。想像していたよりずっと、丁寧な手つきだった。

天蓋の柄を確かめるより早く、王が上からのしかかり、ふたり分の体重を受け止めた寝台が大きく軋《きし》む。

「――大丈夫だ。酷くはしない。安心して身を委ねろ」

思わず縮こまるルーナに対し、王は意外なほど優しく労りに満ちた声で告げる。硬い掌が頬に触れ、撫でるように首筋へ移動していく。

息がかかるほどの至近距離で見つめ合う。美しい紫の瞳が、ルーナを射貫《いぬ》くように見据えている。

目の色を宝石に例えて褒めることはよくあるが、紫水晶《アメシスト》と称される者はそう多くはいまい。

（綺麗……。やっぱり、目だけはあの子に似てる……）

初恋の少年と同じ色に見とれている間に、紫の輝きが間近に迫る。気づけばルーナは、再び唇を塞がれていた。かつんと、歯と歯が微かに触れ合う小さな音がした。

「ん……。っ、ふぅ……」

肉厚の舌が侵入し、ルーナのそれを懸命に搦め捕ろうとする。

逃げようとしても追いかけられ、押しつけられ、すぐに捕まえられてしまう。

キスの味を甘酸っぱいと最初に例えたのは、一体誰なのだろう。

先ほどのキスはあまりにも急すぎて、味なんて確かめる余裕もなかった。けれど少なくとも今ルーナがしている口づけは、王が飲んだ媚薬の名残《なごり》のせいか、僅かに苦かった。

髑髏《どくろ》草の根や、石トカゲの肝。赤コウモリの爪に、海ガエルの血。

改めて考えると、碌《ろく》でもない組み合わせだ。

(でも、甘いわ……)

舌の上には確かに薬の味を感じているというのに、蜂蜜キャンディのようなこの甘ったるさは一体なんだというのだろう。

とろりとして、優しくて、心地よくて、ずっと味わっていたいような気持ちにさせられる。

ここが寝台でよかった、と思った。

もし立ったまま口づけをしていれば、きっとルーナは今頃、床の上へ無様にへたり込んでいたことだろう。

口づけの合間に、王はルーナの服を脱がせにかかる。

焦っているのか、あるいは慣れていないせいか、その手つきは性急でありながらぎこちなかった。多少もたつきながらローブを剝ぎ取り、次にワンピースを脱がせる。

着ているものを一枚一枚剝ぎ取られ、薄い肌着が、躊躇《ためら》いなく一気に引き下ろされた。

ぴり、と小さな音が立って肌着が破れたことを知るが、そこに意識を向ける余裕はない。

「あっ……」

小ぶりな乳房が震えながらまろび出て、王がどこか熱っぽい瞳で見つめている。

ぞわりと全身が粟立《あわだ》つ感触を覚えたのは、素肌が突然空気にさらされたせいか、あるいは王の眼差しのせいか。

「……っ、ふ」

ルーナが答えを見つけるより早く、彼は言葉もなく乳房に顔を埋める。

息が荒い。性急な動作で皮膚を強く吸われ、ぬるりと舌を這わされる生暖かい刺激に、自然と声が零れた。

王は節くれ立った手で両の乳房に触れながら、指と舌を使って同時にその先端を愛撫《あいぶ》する。

ざらついた指先の感触は、椅子に座ってただ書類を捲っているだけの男の手ではない。

「あ……、んぁっ」

裸の胸を異性にさらし、あまつさえ触れられ、普通なら不快感を覚えてもいいくらいの状況だ。けれどルーナは決してそうは思わない。

むしろ、もっと色々な場所に触れてほしいと感じてしまう。

(恥ずかしい……。けど、気持ちいい……っ)

王の指が胸の先端を摘まむたび、敷布から腰が軽く浮く。舌が敏感な部分をなぞるたび、はしたなく疼く足の間を宥《なだ》めるよう、太股を露骨に擦り合わせてしまう。

ぬるぬるした舌の感触も、不慣れに乳頭を擦る乾いた指の感触も、どちらも気持ちよくて堪らない。

「っ、こうされると気持ちいいのか？」

王の声は少し掠れていて、押し殺しているかのように低かった。

「答えてくれ。お前の望むようにしたいんだ。どうしてほしい？」

王の熱い眼差しで、肌が焦げてしまいそう。

乾きと飢えを宿した目をしながらも、彼はその牙と爪を懸命に引っ込め、ルーナを傷つけまいとしている。

「……っと、もっと……さわって……っ」

「ああ——もちろんだ」

王の返事は優しい。大きな掌がもどかしげに肌着の裾をたくし上げ、直に太股へ触れる。

「花が、咲いている」

「え……」

「ほら」

太股を軽く持ち上げられ、ルーナは視線を落とす。そこには確かに、六枚花のような形の赤い痣《あざ》が見えた。

こんな痣に見覚えはない。

しかしその正体を探ろうとするより早く、王がその場所に唇を落としたものだから、ルーナは思考を放棄せざるをえなかった。

「あっ、や……」

「真っ白で、綺麗な肌だ。甘くて、敏感で——ずっと味わっていたくなる」

「ふ、ぅぅ……っ」

内股を舌が丁寧になぞり、味わうように舐《ねぶ》る。

快感に震え、脱力したルーナの足から下着を取り払うのは、王にとって容易《たやす》いことだっただろう。

下着の両側を結ぶ紐があっという間に解《ほど》かれた時、ルーナの足の間からは既に、滴るほどの蜜が溢れ出していた。

「すごいな」

「っ、や……。見ないで……ぇ」

そんな場所をじっくり眺めるなんて酷すぎる。

王は顔を近づけ、興味深そうにルーナの秘部を覗き込んでいる。

「いや……いや……っ」

泣きべそを掻きながら何度も情けなく懇願したが、王の視線は離れない。

「綺麗だ。しゃぶりつきたくなる」

「しゃ……っ!?」

とんでもない発言に目を剝いている間にも、彼は指で蜜を掬い、ルーナ自身ですら意識して触ったことのない突起へ塗りつけた。

その瞬間、驚くほど鋭い刺激が走った。

「ひ……っ」

悲鳴のような声を零し、ルーナは全身を震わせる。

それは未経験の乙女が『快感』と認識するには、あまりに鮮烈な感覚だった。

「っ！　すまない、痛かったか？　女性は、ここに触れられると気持ちいいと聞いていたのだが……」

「ち、が……でも、強すぎて……。こわ、こわくて……。ごめんなさい」

震えながらたどたどしく訴えれば、王の眉間に皺が寄る。自分から誘ったくせに、怖がってばかりのルーナに嫌気が差したのかと思ったが、どうも様子が違った。

「先ほどからもしやと思っていたが、初めて……なのか？」

何度も頷けば、より一層優しい声が降ってくる。

「――謝る必要などない。怖いと感じるのは当然だろう。すまなかった」

頬や額に宥めるような口づけを落とされ、恐怖で強張った身体から徐々に力が抜けていく。

「次はもう少し優しく触れてみるが、嫌だったら言ってくれ」

「ん……」

王の指先が、羽の落ちるような繊細な動きで突起に触れた。

触れるか触れないかの強さで指を前後させられるたび、淡い熱と痺《しび》れが下腹部をせり上がってくる。

「これは？　痛くないか？」

「っ、大丈夫……」

王は笑みを零し、突起をいじりながら別の指で蜜口付近をまさぐり始める。

てっきり指を挿入されるのかと思い、身体を硬くしていたが、王の指はぬるぬると表面を滑るばかりで一向に中に入ってこない。

「おうさま……？」

「その、すまない。位置が……。一応、習ってはいたのだが」

歯がゆそうな表情と赤くなった耳を見て、彼もまた自身と同じく初めてだったことを思い出し、自然と緊張が解れた。

「多分、この辺り――」

戸惑う王の手に自身の掌を添え、目的の場所へそっと導く。

本当は恥ずかしくて堪らなかったけれど、焦れた王の顔を見ているとどうしても手助けせずにはいられなかった。

ようやく位置を見定めた王が安堵の溜息をつきながら、指をゆっくりと中へ侵入させる。

音が立つほど濡《ぬ》れているせいか、初めて異物を受け入れたにも拘らず、思っていたほどの痛みはなかった。

皮膚が引きつるような僅かな違和感は、耐えられないほどではない。ルーナにとってはそれよりも、突起を懇ろに転がされるたび、下腹の奥で強さを増していく奇妙なむず痒《がゆ》さのほうが余程辛かった。

「あ、お腹の奥、変……」

「変？　どんな風に？」

「熱くて……痒い……ような……。なんだかむずむずして……」

こんな感覚を覚えたのは初めてで、自分でも自分の身体に起こっていることを上手く言葉にできない。

しかし、そんな要領を得ないたどたどしい説明でも、王には伝わったらしい。

「――もっと、奥に触れてみてもいいか？」

「は、はい……」

承諾を得るなり、王の指が肉壁を押し広げながら更に深く進入する。

彼はルーナの反応をつぶさに確認しながら、さまざまな触れ方で刺激を与えていった。

指をゆっくり出入りさせたかと思えば、中から肉壁を押し上げるよう強く擦り、とんとんと指先で叩くよう刺激する。

やがて王の指がある一点を掠めた瞬間、ルーナの腰が敷布から僅かに浮いた。

「あ……あっ……」

「ここ、気持ちいいのか」

「わ、からな……っ、いやぁ……っ」

またもや、意思とは無関係に腰が跳ねる。

逃げ出したいような、泣きたいような気持ちになりながら、ルーナは必死であらゆる場所にしがみついた。枕を、敷布を、そして己の髪を掻き乱しながら、己へ襲いかかる初めての感覚に耐えようとする。

「あっ、あっ、あ……ぁ」

指が一本から二本、二本から三本へと増えるたびに引きつるような痛みを感じるのに、身体はすぐその違和感に慣れてしまう。先ほどから感じていたむず痒さが、腹の中で大きくふくれ上がり、じわじわと萎《しぼ》んでいった。

まるで波のようだ。ざぁっと押し寄せ、ゆっくりと引いていく。そしてその波は寄せるたびに徐々に強さを増し、ルーナをどこかへ押し流そうとする。

「あ、あ……っ、やぁ……っ、だめ」

知らない。こんなに甘い声を零す自分なんて。

自分の身体がこんなに淫らな音を出すなんて、知らない。——知らない。

閉じることもできない唇からは引っ切りなしにとろけきった喘ぎ声が漏れ、王の指が出入りするたび、ぐちぐちとみだりがわしい音が響く。

「……熱くて指が溶けてしまいそうだ」

「あ、あぁ……ぅ……」

からかうような王の言葉を理解する余裕もなかった。

ルーナの目の前でぱちぱちと白い閃光《せんこう》が瞬き始め、身体の奥深くで感じていた波が、これまでにないほど高まっている。

「だめ、くる、きちゃう、こわ、こわい……！」

強く高い波に押し流される予感に、ルーナは回らない舌を懸命に動かしながら訴える。どこか知らない場所へ連れて行かれるという、得体の知れない恐怖があった。

無意識に伸ばした指先で王の衣服を破かんばかりに強く掴み、目も唇もぎゅっと閉じて抗《あらが》おうとする。

「大丈夫だ、落ち着け。俺が側にいるだろう」

「ん……っ」

ふ、とひりついた空気が緩んだ気がした。

仔猫を宥めるような柔らかな声と、頬を撫でる指先の不器用な優しさに、自分でも信じられないほど安堵を覚える。

その一瞬の隙をついたかのように、快感の波はルーナの身体を強引に攫った。

「——……っ！」

有無を言わせぬ強大な力が、ルーナの意識を一瞬、どこか真っ白な世界へ飛ばす。

突然のことに声すら出せないまま、ルーナは全身を戦慄《わなな》かせた。足も手も面白いほどびくびく跳ね、腰は痛いほどに反り返る。

全身の毛穴がぶわっと開き、肌に触れる空気の感覚すら鋭敏に感じ取れた。

身体の内側が大きくうねり、王の指をぎゅうぎゅうと締めつける。何か未知の生き物が暴れ回っているような、そんな錯覚を覚えた。

「つふ、あ……あぁ……っ」

「達したのか？」

満足げな王の言葉が、水を介したようにぼやけて何重にも聞こえる。

達する――つまり男女の営みにおける『絶頂』という現象を、知識として知ってはいた。

媚薬作りの参考になればと、恥ずかしさを押し殺して女将に説明してもらったこともある。

その時のルーナは、正直大げさだと思っていた。

『言葉ではとても説明できない』だとか、『あえて言うなら自分という存在自体がまるごと塗り替えられるような感覚』だとか。きっと、何も知らないルーナをからかって楽しんでいるのだろうとさえ思っていた。

しかし、どうだろう。こうして実際に体験してみると、自身の考えがどれほど浅いものだったのか、思い知らされる。

(知らなかった……)

自分の身体がこんな風になるなんて。あんな感覚が、この世に存在していたなんて。

確かにこれは、言葉で説明できるような単純なものではない。肉体だけでなく、魂ごと別の世界に引きずり込まれ、戻れなくなるかとさえ思った。

「は……、はぁ……、ぁ……っ」

懸命に息を整えようとするたび、なまめかしい声が混じってしまう。

いまだ身体をくねらせ絶頂の余韻に浸るルーナの中から、王がゆっくりと指を抜き去った。

ちゅぽ、と栓が抜けるような淫らな水音が響き、肉壁が離れていった指を惜しむかのように淫らにうごめく。

王の指によって押しとどめられていた蜜が大量に溢れ出しても、ルーナは足を閉じることができなかった。

いつの間にか唇の端から唾液が零れていることにも気づいていたが、もう拭う気力など残っていない。

人前にだらしない姿をさらしていることを情けなく思いながら、ルーナは胸を突き破りそうなほどに強く高鳴る鼓動が早く収まることを願った。

それなのに、王が纏っていた衣を脱ぎ出すものだから、ルーナの心臓は更に大きく跳ね、口から飛び出してしまいそうになる。

「もう、限界だ……。早く、お前の中に入りたい」

あれほど無愛想な男性が発したものとは思えないほど、情熱的な声だった。

潤んだ視界の先で、みるみるうちに王の肌があらわになっていく。

日に焼けた褐色の肌。ルーナの二倍の太さはあろうかという、鋼のような二の腕。よく鍛えられた胸筋は大きく上下し、彼の内なる興奮を伝えている。

まるで、野生の獅子《しし》のよう。

百獣の王と呼ばれる、気高き獣。実物を目にしたことはないけれど、王の肉体はそう表現するに相応しい雄々しさと、一種の神々しささえ纏っていた。

目の前にあるのが生身の異性の裸であることさえ忘れ、ルーナは溜息すらついてしまう。

王が下着に手をかけたところで咄嗟に目を逸らしてしまったが、男性美を余すところなく体現した姿は、いっそ芸術と呼んでも過言ではないと思えた。

「挿《い》れるぞ」

纏っていたもの全てを脱ぎ去った王が、端的な言葉と共に覆い被さってくる。

王から目を逸らしていたルーナは、一瞬反応が遅れた。

「へ、」

惚《ほう》けた声を出したのとほぼ同時に唇を塞がれ、何か熱い物体が中へめり込み始める。

「ん、ぅぅ――っ……！」

指であれほど丹念に解《ほぐ》したはずなのに、指とは桁違いの質量に、身体中の骨や筋肉が悲鳴を上げているような錯覚を覚えた。

これまで体験したどんな痛みとも種類の違う、閉じた場所を無理矢理こじあける痛みに、ただ涙を流すことしかできない。

「ひ、んぐ、……っ」

「すまない……。深呼吸をすれば、少しは楽になるはずだ」

「あ……い、は……っ。はぁ……っ。痛いっ、いた……い」

懸命に深呼吸を試みたが、少しも楽にならなかった。それどころか王が腰を進めるたび痛みが増していくような気がして、すぐに呼吸が浅くなってしまう。

「力を抜かないと、余計辛くなるだけだ。もう少しだけ、我慢してくれ」

「あ、むり……。も、入らな……」

もう少しと言われても、無理なものは無理だ。みちみちと中を押し広げるもののせいで、もう既に身体が真っ二つに裂けそうなほどの痛みを覚えているのに。

これ以上受け入れたら、本当に壊れてしまう。

我慢しろだなんて酷い、と王を詰《なじ》りたくなり、ルーナは仕返しとばかりに彼の背に爪を立てた。

それなのに――。

「ルーナ」

困ったような、宥めるような優しい声が、ルーナの名を紡ぐ。

王が初めて口にした、ルーナの名前。

ずっと『魔女』だの『ドブネズミ』だのと呼ばれていたのだ。最初に名乗ったきりの名前を彼が覚えているなんて、思ってもみなかった。

驚きのあまり、一瞬とはいえ痛みを忘れる。

ルーナの身体からふっと力が抜けたその隙を、王は見逃さなかった。無防備な肉壁に分け入った雄の証を、力強く押し進める。

侵入者に抵抗し押し出そうとする肉襞《ひだ》に逆らい、王の切っ先がとうとう最奥へ突き立てられた。

「っ……!!」

衝撃で悲鳴すら声にならない。破瓜《はか》の痛みに大きく見開いた目の縁から、幾筋も涙が零れていった。

ルーナはほとんど無意識に、王の背に爪を立てたままその場所を引っ掻いていた。

それでも彼は一切顔を歪めることなく、ルーナの頬を濡らす涙を丁寧に舐《な》め取っていく。

まるで母猫が仔猫の顔を舐めるような、慈しみ深い表情で。

「あ……あ……ぅ」

「すまない、ルーナ。すまない……」

心底申し訳なさそうな表情で、王はルーナの額や頬に口づけを落としていく。

ぐしゃぐしゃで、ぼろぼろで、酷い顔をしているのだと思う。それなのに王の眼差しは、まるで繊細な花を慈しむかのような優しさに満ちていた。

「全部入った、の……？」

あんな大きなものが、本当に、この腹に収まっているのだろうか。こわごわと掌で下腹部に触れると、僅かにふくらんでいる気がした。

「——ああ、そうだ。この中に、俺がいるのがわかるだろう」

王の手が、ルーナの手の甲に重なる。

そうしてじっとしているだけで、不思議と下腹部の痛みが和らいでいくような気がした。

王が再び動き始めたのは、ルーナの中がある程度彼の形に馴染んだ頃だ。

「ん……ぅんっ」

「大丈夫か？」

ゆりかごを揺さぶるようにゆっくり動きながら、王は気遣わしげにルーナを見やる。

小さく頷くと、怯えを宿しているようにさえ見えた紫の瞳が、安堵の色に和らいだ。

まだ痛みは完全に引いていないが、先ほどに比べれば大したことはない。それより彼が動くたび腹の奥に溜まっていく、むず痒いような感覚のほうが耐えがたかった。

痒い場所を指で掻くのと同じように、その場所をもっと擦ってほしい。

けれどそんな願いを口にすることなんてできるはずもなく、ルーナは少しでもこのもどかしさをどうにかしようと、自然と腰をくねらせてしまう。

そんな淫らな変化を、王は決して見逃さなかった。

ルーナが望むのなら遠慮はいらないとばかりに、緩やかだった腰使いが徐々に大胆さを増していく。

やがて熱杭《くい》が何度も中を行き来するうちに、痛みは完全に麻痺《まひ》してわからなくなっていた。

「あっ、あぁ……っ、ふあ……っ」

好い場所を執拗《しつよう》に擦られ、奥を叩かれ、ルーナは恥も外聞もなく喘ぐ。

この反応が呪いのせいなのか、それとも呪いとは関係なく自分自身が悦《よろこ》んでいるのか。もはやルーナには、どちらが正しいのかわからない。

ただ、なぜだか、ずっと求めていた捜し物が見つかったような気持ちに胸の奥が熱くなる。

「王さま……っ、ぁん……」

「アクセルだ」

「あ、……？」

「名を呼んでほしい。——駄目か？」

開いたままの唇を、王の指先がそっと撫でる。

本来ならば、王の名を家族や伴侶以外が呼ぶなど決して許されないことだ。それなのに脳をとろかすような甘い快感は、ルーナの頭からそうした常識を簡単に取り去ってしまう。

「アク、セル……」

「――っ」

「アク、アクセル……ぅっ、お腹、熱い……っ」

身体の中心は、炎で炙られたように熱かった。

「怖いか？」

「ちが……、そうじゃなくて、もっと……」

もっと欲しい。

誘惑とも呼べないようなたどたどしい願いを、アクセルはすぐに叶《かな》えてくれた。

ルーナの足を抱え直すと、これまでの行為が遊戯のように思えるほど、激しい律動を始める。

大胆な抜き差しで肉襞を捲り上げ、蜜を攪拌《かくはん》し、奥を叩く。

肌をぶつけ合う高らかな音にルーナの甘い悲鳴が混じり、時折、感《かん》に堪《た》えないといった様子でアクセルが小さな呻き声を零した。

「あ、はぁ……っ、あぁ……！」

「ここ、がいいのか？」

「あ、いぃ、……っ。奥っ、きもちい……、ん、ふぅ……っ」

子供のような舌っ足らずな声を上げながら、淫らに男をねだる。必死で訴えれば、アクセルが好い場所を責め立ててくれるのだとわかっていた。

性の快楽というものがこれほどまでに暴力的で、圧倒的なものだなんて知らなかった。

これは、魔性の果実だ。味わい、貪り、無我夢中で食い尽くし、種までしゃぶり尽くさなければ気が済まない。

「あぁ、ぁ……っ、アクセ、ル……。だめ、だめ、また……っ」

「ルーナ、ルーナ……っ」

低く掠れた声で繰り返し名を呼ばれ、戯れのように、きゅっと胸の頂を摘まれる。

その、全体からすれば僅かな刺激が決定打となり、ルーナはたちまち頂上まで上り詰めた。

「あぁァ――……っ！」

頭の中で白い火花が弾け、全身ががくがくと痙攣《けいれん》する。足の爪先をぴんと伸ばし、敷布を掻きむしった。

今、心臓が止まって息絶えてもおかしくないと思えるほどの、強い衝撃。

媚肉がぎゅっと窄まり、熱杭を締めつける。つ、と頬を生理的な涙が流れていった。

その直後、ルーナの中を埋めていたアクセルの分身が、弾けるように大きく脈打つ。

「つ、ぐ、ぅ……」

「あ、あ……」

どくどくと、何か熱い液体が中を満たしていくのがわかった。その全てを嚥下するように、腹の奥が淫らに収縮したのも。

吐精の快感に打ち震えるアクセルの荒い呼吸を耳にしながら、ルーナは目を閉じた。そして不思議なほど満たされた気分のまま、とろとろと襲い来る眠気に身を委ねる。

取り返しのつかない事態に陥ったのだということを自覚する間もなく。

◆◆◆

気づけばアクセルは夢の中にいた。

――まだ自分が十歳くらいの頃の夢だ。

自然と、そう自覚する。

その日、アクセルは人目を忍ぶように自室を抜け出すと、人通りの少ない通路を足早に歩いていた。

幼い頃のアクセルは勉強があまり好きではなく、たまに授業を投げ出しては裏庭で暇つぶしをしていたものだ。見つかれば手酷く叱られることはわかっていたが、この日は天気がとてもよくて、どうしてもひなたぼっこをしたかったのだ。

空き部屋の小さな隠し扉を開けて、隠し通路を通って――。通路の中は薄暗く湿っていたけれど、そんなことも気にならないほど胸が弾む。

王太子として勉学に勤しむ日々を過ごしていたアクセルにとって、こうして城を抜け出している間だけは、自由になれたような気がしたのだ。

やがて出口から一歩外へ足を踏み出すと、思わず深呼吸したくなるような、澄み渡った青い空が広がっていた。

王族しか立ち入れないはずの庭。しかしアクセルはそこに、見知らぬ少女がいることに気づく。赤いワンピースを着ており、両手で顔を覆って泣きじゃくっている。

『……君は誰？』

躊躇いがちに声をかけると、彼女は弾かれたように顔を上げた。

まだ五歳くらいの、とても可愛い女の子だ。肌の色は抜けるように白く、鍔広《つばひろ》帽子の下から覗く目は今日の空と同じ澄んだ水色で、仔リスのようにまん丸だった。

（こんなに可愛い女の子、初めて見た。お友達になれないかな）

最初は使用人の子供かと思ったが、それにしてはアクセルのことを知っている様子がなかった。

よくよく事情を聞いてみれば、彼女は母の友人が連れてきた弟子で、魔女見習いだったようだ。庭園でお茶会をしていたところ、ちょっとした不注意で師匠とはぐれて迷子になったらしい。

真っ赤に泣きはらした目をした年下の女の子を、アクセルは放っておけなかった。頼られるのが初めてで、少し格好つけたかったということもある。

『大丈夫、僕が君のお師匠さまのところに連れて行ってあげるよ。あ、でも、僕と一緒にいたことは秘密にしておいてほしいな』

そうして繋いだ手は、アクセルの手とは全然違った。

(女の子の手って、こんな風なんだ)

同じ年頃の少女と接する機会がほとんどなかった当時の自分は、その感触にとても驚いたものだ。

母の細くて華奢《きゃしゃ》で、少しひんやりした手とも、子守りの分厚くて頼りがいのある手とも違う。ぽかぽかとお日さまのように温かくて、ふわふわで柔らかかった。

『悪い弟子だって思われて、おうち《庵》から追い出されたらどうしよう……』

ふたり連れ立って歩きながら、少女はしきりに師から叱られることを心配していた。

せっかく拭った涙がまた溢れてきて、慌てたアクセルはなんとか泣きやませようと、母がいつもそうしてくれるように少女の背を撫でる。

『大丈夫だよ、心配しないで。君のお師匠さまも、わけを話したらきっとわかってくれるよ』

『……ほんとうに？』

潤んだ丸い瞳に縋るように見つめられ、心臓が大きな音を立てた。こんな気持ちになるのは初めてで、自分でも何が起こっているのかわからない。

頬が熱くなるのを感じながら、それでもアクセルは冷静さを取り繕って続けた。

『うん、本当に。それに、……こんなに可愛くて優しい子を、追い出したりするはずがないよ』

自分で言いながら照れてしまったのは、社交辞令以外で異性を褒めたのが初めてだったからだ。胸の奥がむずむずして、急激に気恥ずかしくなる。

それをごまかすように、アクセルは少しだけ強く、彼女を薔薇の生け垣まで引っ張っていく。

『証拠を見せてあげる。ほら、こっちだよ』

この向こうに母たちがいるはずだ。

陰から様子を窺うように身を乗り出すと、少女も遅れて倣った。

お茶会用のテーブルの傍らには母と、黒ずくめの格好をした綺麗な女性の姿があり、懸命に何か叫んでいる。噴水の音に掻き消されてよく聞こえないが、きっとこの少女の名なのだろう。不安と心配とがない交ぜになった表情をしており、いなくなった弟子を必死になって探していることは明らかだった。

『あの顔を見てごらん。あんなに心配してくれる人が、君のことを嫌いになるわけないだろう？』

アクセルがそう告げると、それまで不安げだった少女の顔が満面の笑みに変わる。まるで咲き誇る花のような笑顔は、思わず目を奪われてしまうほどだった。

その瞬間、思わず言いそうになった。

――僕のお嫁さんになって、と。

『友達』は遊び終えたら家に帰ってしまうけれど、『お嫁さん』は一生側にいて仲良くしてくれる。この少女がお嫁さんになってくれれば、これからもずっと一緒にいられると思ったのだ。

けれどまずは、少女を師の許へ無事に送り届けるのが先だ。求婚するのはそれからにしよう。そう考え、アクセルは彼女の背を軽く押した。

『ほら、行っておいで。お師匠さまのことを安心させてあげるといいよ』

少女は恐る恐る歩き始め、やがてその姿に気づいた黒ずくめの女性がぱっと駆け寄ってくる。

師の抱擁に、少女は大きな声を上げて泣いていた。抱き合うふたりを見て、母も微笑んでいる。

出て行くなら今だ、と思った。

彼女の前で跪いて結婚を申し込み、薔薇を差し出すのだ。物語の騎士のように。

――けれど生け垣の薔薇を手折った瞬間、背後から伸びた手が突然、アクセルの首根っこを引っ摑んだ。

『殿下！　見つけましたよ！』

家庭教師だった。

ずっとアクセルを探していたのだろう。その額には汗がにじんでおり、明らかに不機嫌な顔をしている。

『一体こんなところで何をなさっているんです？　まあ、せっかくの薔薇を無駄にして！』

『違う、これは……』

『言い訳は結構。さあ、お部屋へ戻りましょう。罰として、今日は外国語の書き取りを百回していただきますからね！』

『待って、僕、まだあの子に』

『いい加減になさいませ！　このことはお父君にもご報告させていただきます！』

厳しい家庭教師は一切聞く耳を持たず、肩を怒らせながら、アクセルを強引に部屋へ連れ戻してしまった。

――それが、少女との最初で最後の思い出だった。

その後アクセルの母が病で亡くなり、以来、あの黒ずくめの女性が城を訪れることは二度となかったから。

幼き日の淡い想いは成就することなく、その後もアクセルの中で長いことくすぶり続けるのだった。

◆◆◆

微かな胸の痛みと共に目を覚まし、アクセルは不快な気持ちで身を起こした。

最近は記憶から遠ざかっていたと思っていたのに、どうしたことか、久しぶりにあの日の夢を見てしまった。

名前も知らぬ相手に恋をするなんて、馬鹿げている。

今ならそう思うが、当時のアクセルはかなり本気だった。毎日、毎日城の窓から外を眺めては、あの少女がやってこないかと願っていたものである。

それでも、母に面と向かって少女のことを尋ねられなかったのは、恥ずかしかったからだ。自分の淡い初恋を母親に打ち明けるなんて、矜持《きょうじ》が邪魔してどうしてもできなかった。

今思えば、あの時きちんと母に確認しておけば、こんなことにはならなかったのかもしれない。

魔女に呪いをかけられた時のことを思い出し、後悔が押し寄せる。

――十一歳のアクセルに呪いをかけた魔女は、美しい水色の瞳をしていた。それを見て、当時のアクセルはふと思ってしまったのだ。

『あの子が大きくなったら、こんな女性《ひと》になるかもしれない』

……と。

解決しないまま引きずっていた初恋は、実にやっかいなものだった。

見知らぬ魔女を前にして逃げることも忘れて、その可憐な容貌に見とれたアクセルは、そのままおめおめと彼女の呪いを受ける羽目になってしまった。

やがて成長を重ねるにつれ現れるはずの性徴が見られず、侍医たちは大騒ぎした。

ありとあらゆる薬を飲まされ、閨房《けいぼう》指南役やら娼婦やらと大勢の女を宛てがわれたが、下半身は一切反応しない。

それだけでも最悪だったのに、更にアクセルを不幸のどん底に突き落としたのは、あの魔女を思い浮かべた時だけ、下半身が正常な機能を取り戻すことだ。

銀の髪と水色の瞳。花びらのような唇を思い出すだに、普段はぴくりともしないそれが熱を持ち、硬くなり始め――。

「……くそっ」

今まさに、その考えに釣られるようにして下半身に血が集まり始め、アクセルは強引に思惑を中断した。

昔の夢を見たせいで、余計なことまで思い出してしまった。水浴びでもして冷静になろう。

そうして、立ち上がりかけた時だった。

「んん……」

すぐ隣で微かな女性の喘ぎ声が聞こえ、掛布の中でもぞりと誰かがうごめく気配がした。

思わず軽く飛び退ったアクセルの目に飛び込んできたのは、気持ちよさそうにすやすやと眠る若い少女――三代目水晶の魔女、ルーナだ。

頭の中が一瞬真っ白になり、思考を止めた。そして。

「っっっっっ!!」

昨日の出来事が全て、蘇った。

次の瞬間、アクセルは自分でも意味不明な叫びを上げながら、転げるように寝台から飛び出していたのだった。

◆◆◆

何か湿った柔らかいものが頬を舐めている。その感触で、ルーナは目を覚ました。

瞼《まぶた》を閉じたまま手を伸ばせば、温かくもふもふとした毛並みに指先が沈む。

そっと目を開けると、寝起き特有のぼやけた視界に見慣れた黒い毛玉が映った。

カロはいつも時間に正確だ。少しでもルーナが寝坊すると、こうして寝台によじ登って起こしに来てくれる。

(起きないと……)

しかし、今日の眠気は異常だった。

目覚めたばかりのルーナを再び眠りの世界へ引き込もうとするかのように、重く身体に纏わりついている。

(起き、ないと……)

本人の意思とは裏腹に、何度開こうとしても瞼はとろんと落ちてしまう。普段なら簡単に振り払えるはずの誘惑に、なぜか今日は微塵も抗える気がしない。

(急ぎの仕事はなかったはずだし……いいか。あと少しだけ……)

異様な眠気に違和感を覚えながらも、ルーナは早々に抵抗を諦めることにした。

瞼を完全に閉じ、睡魔に身を委ねる。

扉が無機質な音を立てて開いたのは、その時だった。

「──おい。おい、いつまで寝ている気だ」

投げるような無愛想な声。若い男だ。

(もう、誰よ……。せっかくいい気持ちで寝てるのに)

心地のよい眠りを突然邪魔され、ルーナは眉間に皺を寄せた。

苛立ち混じりの男の声は、半分夢の世界の住人となったルーナにとって、酷く耳障りに聞こえる。

「早く起きろ。話がある」

「うぅん……」

なんてしつこいのだろう。

ルーナは不機嫌に唸りながら、掛布を耳の上まで引っ張り上げる。しかしそれでも、男の声はやまない。

それどころかルーナの肩に手をかけ、強引に揺さぶって起こそうとする始末だ。

「んんっ……！」

邪魔と言わんばかりに、ルーナは男の手を肩から払った。ぺちん、と間の抜けた音が響き、男が息を呑む気配が漂う。どうやら絶句しているようだ。

これでようやく安心して眠れる。そう思ったのもつかの間、僅かに掠れた男の声が、再びルーナの耳を打った。

「貴様――。国王の呼びかけを無視して惰眠を貪るとは、いい度胸をしているな」

(こくおう……おう……ってなんだっけ……。おう、おう……)

と、とぼけたことを考えたのも一瞬のこと。

「王……王さま!?」

弾かれたように身を起こすなり、ずん、と下腹部に衝撃が走る。

「っ――!」

否応なしに破瓜の瞬間を思い起こさせる痛みに、思わず息が止まった。

蹲《うずくま》りながら腹を押さえたルーナはそこで初めて、自身が見慣れぬシャツを身につけていることに気づく。

ダボダボで今にも肩から滑り落ちそうなそれは、当然ながらルーナのものではない。

ほとんどあらわになった胸元には赤い鬱血の痕が残っており、その正体に思い至った途端、ルーナは叫んでいた。

「――～～～……ッ!?」

およそ人の言葉とも思えない奇妙な音の羅列に、カロが驚いて寝台から飛び降り、アクセルが盛大に顔をしかめる。

「妙な声を出すな、うるさい」

「で、でもっ、あ、あ、あの！　わたし、着替え！　ふ、服は……媚薬は……。き、昨日――」

視線をさまよわせると、天鵞絨《ビロード》張りの長椅子が目についた。

そうだ。昨晩、あの椅子の上でアクセルとキスをして、それから。

（や……、やっちゃった……！）

ルーナは頭を抱えた。

二重の意味でやってしまった。

よりにもよって発情した状態で国王に迫り、身体の関係を持ってしまうなんて、我ながらとんでもないことをしでかしたものだ。天国のペッシェに顔向けできない。

羞恥や後悔がどっと押し寄せ、感情の処理が追いつかずに頭が破裂しそうになる。

赤くなったり青くなったり落ち着かないルーナの目の前に、その時ずいっとグラスが差し出された。

「まずは落ち着け。その有様ではまともに話もできん」

よく見ればサイドテーブルにはガラスの水差しが置かれており、中の水が陽光を反射してきらきらと光っている。

(飲めって、ことよね……?)

渡されたグラスの扱いをどうすべきかしばらく考えあぐねた末、素直に口をつけた。こくこくと喉を鳴らして飲めば、微かにレモンの風味香る冷たい水が、喉をすっと通り抜けていく。

どうやら、自分で思っていた以上に喉が渇いていたらしい。

瞬く間に空になったグラスを名残惜しい思いで見つめていると、アクセルが「貸せ」と短く命じ、また水を注いでくれる。

(……わざわざ持ってきてくれたの?)

疑問を口にすることもできないまま、ルーナは改めてアクセルの姿を観察する。ルーナと違って早起きしたのか、糊の利いたシャツに黒い下衣を身につけ、髪も綺麗に整えていた。

「ほら」

グラスを差し出す手つきは、ぞんざいだった。

昨晩燃えるほどの熱を宿していた瞳も、今はすっかり温度を失っている。ルーナから目を逸らし、それでも時折横目で様子を窺いつつ距離を置こうとする様子は、まるで囚人を監視する看守のようだ。

居心地の悪い気持ちで二杯目の水に口をつけたが飲み干す気にはなれず、ルーナはグラスをアクセルへ返す。彼は少し顔をしかめ、それをサイドテーブルの上に置いた。

重苦しい空気の中でガラスが机を叩く音は殊更に響き、裁判官が判決を言い渡す際に使う、木槌の音を彷彿とさせる。

「いいか、魔女。まずお前の着ていたぼろ雑巾のような服だが、一応洗濯へ出しておいてやった。破れてしまったから、針子に繕わせるようにも指示しておいた」

(魔女……)

媚薬の効果は、綺麗さっぱり消えたらしい。すっかり乾ききった声が、よそよそしい呼称を紡ぐ。

「俺はすっかり寝入ったお前の汚れた身体を拭き、清潔なシャツを着せてやり、寝台も貸してやった。にも拘らずお前は少しも気づくことなく、今まで呑気にぐっすり寝こけていたというわけだ。状況は理解できたか?」

「は、はい。あの、大変なご迷惑をおかけして申し訳ございません……」

きっとルーナの身体は、さまざまな体液に塗れて酷い有様だったはずだ。普段は使用人たちに奉仕される側の彼が、意識のない相手の世話をするのは大層骨が折れたことだろう。

アクセルの苦労を思い、ルーナはしおらしく謝罪するしかなかった。

しかしアクセルの表情は少しも和らぐ気配を見せず、むしろますます険しさを増している。

怒るのも当然だ。

恋人でも婚約者でもない相手と身体を重ねるなど、本来ならあってはならないことなのだから。

ましてや昨日の一件は、ルーナが気をつけていれば防げたはずの事故である。

女ひとりで男の部屋を訪ね、媚薬を飲ませる。それがどれほど危険な行為か、幼い頃からペッシェや女将から繰り返し教わり、わかっていたはずだ。

けれど、ルーナは予想もしていなかったのだ。

まさかアクセルがあの程度の媚薬を飲んだくらいで、毛嫌いしている『魔女』に欲情するなんて。

(だって、スケベニナールの効果を少し強めただけなのに)

元祖スケベニナールを飲んだ時でさえ『少々』の効果しか表れなかったというほどだ。多少配合をいじったところで、あれほど速やかに作用するとは思うはずもないではないか。

けれど、それは責任逃れの言い訳に過ぎないとわかっている。

「ごめんなさい……」

きっと、初めての相手は好きな女がよかっただろう。一生に一度の大事な機会を、あんななし崩し的な行為で奪われた彼の怒りはもっともだ。

第三者に立ち会ってもらっていれば。

唇を奪われていなければ。

中和剤さえ作っていれば。

さまざまな後悔が胸に浮かんでは消える。自身の力を侮り薬の効果を見誤るなど、決してあってはならないことだったのに。

「お前は事の重大さをわかっているのか？　謝れば赦されるとでも？」

「いいえ……」

謝れば赦されるなんて、甘いことは考えていなかった。それでも、謝罪の気持ちは口にしなければ相手に伝わらない。

「どんなに謝罪しても足りないとわかっています。だけど、本当にごめんなさい。どうか……王さまの望むように、罰してください」

精一杯の誠意を込めてもう一度頭を下げるが、アクセルは返事もせず片手で顔を覆い、重い溜息をつくだけだ。指の隙間から覗く目には、鋭く強い拒絶がにじんでいる。

「心にもない謝罪はいい」

長い沈黙の末に吐き出されたのは、にべもない冷たい言葉だった。

「俺を騙《だま》して罠にかけたくせに、今更しらじらしい」

「え……」

怒鳴られたり、詰られたりすることは覚悟していた。けれど、その非難は予想外だ。

(罠？　騙すって、何？)

言葉の意味はわかっていても、彼がその言葉を口にする意図がわからない。

目を丸くするルーナを、アクセルが鼻で笑う。初対面の時のそれが可愛く思えるほどの侮蔑に満ちた表情で。

「俺の弱みと引き換えに何を得るつもりだった？　金か、地位か。それとも王妃の座か。媚薬を飲ませ王の子種をせびるなど、いかにも姑息な魔女の考えそうなことだ。欲望のためなら純潔すら惜しくないということか」

「そんな――」

ここに至ってようやく、アクセルがなぜここまで激怒しているのか理解した。

彼は昨日の出来事が全て、ルーナの策略によるものだと勘違いしているのだ。『王』との間に既成事実を作り、自身の望む対価と引き換えにするための。

アールベリーは花嫁の処女性を非常に重んじる国柄だ。

婚前の乙女と関係を持った者は、結婚という形でその責任を負わなければならないという考えが、今も昔も根強く存在する。

けれど、ルーナにそんな意図などあるはずもない。

「王さまを騙そうとなんてしてません！　あれは呪いのせいで……っ」

「呪い？　呪いだと？」

小馬鹿にしたような笑いが耳を打つ。

「男を誘惑しなければ死んでしまう呪いか？　それとも、地位のある男をたぶらかしたくて仕方なくなる呪いか？　なんとも恐ろしい話だな」

「ち、違います」

「ふん。それなら、お前の言う〝呪い〟とやらがなんなのか教えてもらおうか。三代目水晶の魔女殿？」

射すくめるような眼光に怯むルーナは、石を呑んだような息苦しさを感じて何も言えなくなった。

あんな馬鹿げた呪いを口にしたところで、今のアクセルに信じてもらえるとは到底思えない。

代わりに、懸命に弁解する。

アクセルを騙すつもりはなかったことや、自分の意思ではどうしようもなかったこと。

そして何より、彼の言うような対価を望む気はないことをわかってほしかった。

けれど精一杯の誠意は、乾いた冷笑に遮られた。

「猿芝居だな。女を知らぬ青二才など、そうしてしおらしくしておけば簡単に欺けるとでも？」

「そんなつもりっ……」

反論の言葉を封じるように、アクセルが寝台に乗り出し、瞬く間にルーナとの距離を縮めた。

息が触れ合うほど近くに彼の顔が迫り、思わず呼吸を止める。

まるで、口づけする寸前のような距離感だった。けれど彼の唇が吐き出すのは、昨晩のような甘い吐息ではない。鋭くルーナを突き刺す、言葉の刃《やいば》だ。

「あまり俺を馬鹿にするなよ、魔女」

「ひ……」

出来損ないの悲鳴を呑み込み、ルーナは寝台の上で後ずさろうとする。けれど肩を掴むアクセルの手は、それを許してくれない。

「白状するがいい。誰の差し金でここまで来た。母親か、あるいは……叔母《おば》辺りか？　なんにせよ、親族の差し金であることは間違いないだろう」

「は、母親？　叔母って……。あの、な、なんの話を――」

「とぼけるな！　この薄汚い淫売め！」

張り上げた声に、頬を張られたような衝撃を覚えた。

本能的な恐怖に身体がびくりと震え、ルーナは声もなく彼を見つめる。

確かに、自分は取り返しのつかない失態を犯した。けれど淫売呼ばわりされるほどの悪事を働いた覚えは、一切ない。

「そこまで同じ容姿をしていながら、言い逃れできると思うのか？　この……っ、意地汚い魔女め！　呪いを解く協力者のふりをして、腹の底では嘲笑っていたのだろう」

「な、なに……？　わたし、そんなの知らな――」

同じ容姿だとか協力者だとか、アクセルの言っていることが何ひとつ理解できない。それなのに彼は、何か確信をもってルーナを責めているようだった。

「お前をここへ差し向けた魔女がいるだろう！　お前と同じ、美し……っ老婆のような白髪にぼやけた青い目をした縁者が」

「え……？」

「俺に呪いをかけた魔女から、一体何を吹き込まれてきた！」

大きな掌が、ルーナの肩を強く摑んで揺さぶる。

事情はよくわからないが、どうやら彼に呪いをかけた魔女というのが、ルーナとよく似た外見をしていることだけはわかった。だが、何をどう言われても、知らないものは知らないのだ。

たとえもし彼の言っている魔女が本当にルーナの血縁者だとしても、赤ん坊の頃に捨てられた孤児に何がわかるだろう。

けれどそれを説明しても、アクセルはきっと信じない。嘘に嘘を重ねる卑怯《ひきょう》な魔女と、ルーナのことを嘲笑うのだろう。

端から信じようともしない相手に説明する意味などない。唇をきつく引き結んだルーナの耳を、次の瞬間、吠《ほ》えるような罵声が打った。

「誰が貴様をここへやった！　答えろ、魔女!!」

空気を震わすような大声に、喉の奥で鋭い悲鳴が上がる。

三代目水晶の魔女などと大層な称号を冠していても、まだ年若い十八歳の少女なのだ。身分も自分より遥かに高く、二回り以上大きな身体をした男性に怒鳴られ、平気でいられるはずがない。

本気の怒りに触れ、とうとう恐怖が限界を超えた。目の縁に見る見るうちに涙が盛り上がり、溢れ出す。

「わ、わた、わたし……」

何を言えばいいのか。どうすれば信じてもらえるのか。

わからなくて、喉に声が引っかかって出てこなかった。

「す、捨て子だったから……そんなの、わからない……」

ようやく口にできたのはたったそれきりで、まともに説明ひとつできない自分が情けなくて、涙が溢れる。けれどせめて泣き顔だけは見られまいと、唇を噛みしめ俯いた。

まさか泣き出すとまでは思っていなかったのだろう。アクセルは僅かにたじろぐ気配を見せ、ゆっくりと、ルーナの肩から両手を離す。

「――もういい。ここで待っていろ」

舌打ちの後に聞こえてきたのは、苛立ち混じりの命令だった。

「貴様の思惑がどうであろうと、こうなったからには放っておくわけにもいかない。いいか、大人しくしていろ。もうこれ以上、俺に迷惑をかけるな」

寝台が大きく軋む音と共に、アクセルの気配が遠のく。

恐る恐る顔を上げれば、彼はルーナに背を向け、部屋を出て行こうとしているところだった。

振り向こうともしない男をこの場に止める言葉を、ルーナは知らない。

アクセルはどこへ向かうのだろう。『卑怯な手段で王をたぶらかした魔女』の処罰について、側近たちと話し合いでもするのだろうか。

無機質な音を立てて閉まった扉をしばらく見つめた後、ルーナは緩慢な動きで寝台の下へ足を下ろした。

「カロ……」

床に降りたのとほぼ同時に、寝台の下から遠慮がちな様子でカロが這い出してくる。アクセルの怒声に驚き、ずっと隠れていたのだろう。

「おいで、ほら。いい子ね。――大丈夫よ、そんな顔しないで。びっくりしちゃったね」

相棒がいつになく心配そうな顔をしているように見えて、ルーナは殊更に明るい声で話しかけながら抱き上げた。

カロの毛皮に鼻を埋めると、嗅ぎ慣れた庵の香りがする。花と、薬草と、日だまりの匂いだ。

柔らかく温かな身体を撫でながらその香りを吸い込んでいると、少しだけ気分が落ち着いてきた。

(とにかく、これからどうするか考えないと)

相変わらず下腹部は痛むし、動くたび秘所が引きつったような違和感を訴えるが、これ以上寝台の中で無為な時間を過ごすわけにもいかない。

「……そうだ、避妊薬」

昨晩、ルーナはアクセルの子種をその身に受けた。一度のみとはいえ、彼の放った精が体内で結実する可能性は否定できない。

行為の前に飲んでおければよかったのだが、まさかあんな展開になるとは夢にも思っていなかったのだから、今更後悔しても仕方がない。

それに特別な理由でもない限り、避妊薬を日常的に携帯している女性などそういないだろう。

幸いにしてルーナは薬草魔女で、しかもこの王宮には薬の材料があり余っている。行為の後で飲むタイプの避妊薬を作るのは、そう難しくない。

アクセルは何やら妙な勘違いをしていたようだが、ルーナは権力も、財も、地位もいらない。ただ穏やかに暮らしたいだけなのだ。

王の子を宿して王宮でのし上がりたいなんて、つゆほども思っていない。

それにアクセルだって、魔女との間に生まれる子など望んでもいないだろう。

「王さまは部屋から出るなって言ってたけど、この場合仕方ないわよね」

これから作ろうとしている避妊薬は、体内に精を受けてから一日以内に飲まなければ効果が得られない。アクセルは怒るかもしれないが、のんびり戻りを待っている余裕はなかった。

書き置きさえ残しておけば大丈夫だろうと、王の机から紙とペンを拝借し、走り書きをする。

(薬品庫に行って材料を集めて……。それから研究室で薬を作ろう)

そしてよろめきながら立ち上がろうとした時、捲れ上がったシャツの裾から覗く太股が目に入った。ちょうど内股の辺り、白い肌の上に、赤い花のような紋様が刻まれている。

「これって……」

覚えのないそれを指でなぞると、僅かな魔力の波動と共に背筋が粟立つ感覚に襲われた。

間違いない。呪いが発動した際に強制的に顕現する呪術紋の一種だ。昨晩、アクセルの言っていた『花』というのはこれのことだったのか。

軽く擦ってみたが、当然ながら消えるはずもない。呪術紋が消える時とはすなわち、呪いが解かれた時。それだけだ。

(でも、王さまはきっと、呪いの話なんて信じてくれないわ)

彼に呪いをかけた魔女とルーナの顔が偶然似ていた。たったそれだけの理由で、ルーナは詐欺師扱いされたのだから。

(王さまの気持ちもわからなくはないけど)

仇《かたき》と似た顔の女が、閨で子種をせびったのだ。嵌められたと感じても無理はない。

そんなアクセルに、どんな顔をして告げればいいのだろう。

『わたしの呪いを解くためには、これから六度の満月を迎えるたび王さまと性交しなければなりません。一度でも怠ると解呪は失敗となり、わたしには死という未来が待ち受けています』

——なんて、言えるわけもない。

きっと彼はまた、ルーナを罵るだろう。大嘘つきの魔女め、同情を引きたいのかと言って、嗤《わら》うだろう。

そうでなくとも、彼はルーナの呪いに巻き込まれた被害者だ。これ以上自分の都合で振り回すことはできない。

(でも、この呪術紋を消すことができなければ、わたしは……)

改めて身近に迫る『死』の気配を感じ、急に恐ろしくなってしまう。

そんなルーナの不安を感じ取ったのか、カロはしきりに鼻をひくひくさせ、忙《せわ》しなく目を動かしていた。

「大丈夫、大丈夫よ……。なんの心配もいらないわ。きっと何か、他の手段を見つけてみせるわ。だってわたしは、あの大魔女ペッシェ・ブランの弟子なんだもの！」

ふわふわの身体にもう一度鼻を埋めるが、その言葉が空虚なものであることは他ならぬ自分が一番わかっていた。

この呪いを解くのに、他の手段なんて存在しない。ありとあらゆる書物は、もう調べ尽くした。

けれど無理にでも自分を奮い立たせていなければ、未来への不安で心が潰れてしまいそうだった。

五章　誤解が解けたようです

肩で風を切りながら、アクセルは廊下を歩いていた。

靴の音は高く、歩幅も常より広い。あからさまに不機嫌な空気を醸し出す王とすれ違うたび、城に仕える人々は悲鳴じみた声を上げていた。

それに構っていられるような余裕は、今のアクセルにはない。

(なぜ俺がこんな目に……！)

あんなことをするつもりはなかった。

アクセルは『魔女』という存在を心の底から嫌悪している。身体を重ねることなど望むはずもない。

(あの、妙な媚薬のせいだ)

飲んだ時は特に目立った変化もなく、ただただ苦いばかりで、こんなものかと落胆もした。何せシトロンいわく、あのルーナという魔女の作った媚薬を使用した時のみ、アクセルの男性器に多少の反応が見られたと言うのだから。

自尊心が邪魔して態度には出さなかったが、今回こそはこの呪いに打ち勝てるかもしれないと、密かに淡い期待を抱いていたのだ。

けれど結果は――。

(この俺が、あんな……。あんな、獣のような……!!)

この年まで童貞を守り続けてきたためか、アクセルはいわゆる一般的な王侯貴族の男性たちと比べて、『結婚』や『恋愛』というものに夢を抱きがちだった。

初めての口づけも、初めて触れ合うのも、自分が心から愛した女性以外は考えられない。であるから、実のところシトロンから治療のため娼館通いを勧められた際も、全力で拒否したほどだ。結局『王国の未来のためです』と強引に押しきられ、何度か足を運ばざるをえなくなったのだが。

臣下をして『潔癖すぎるところが欠点』とさえ言わしめた、そんな男にとって、昨晩の出来事がどれほどショックだったたか。

――思い出すだけで、後悔と自己嫌悪がこみ上げてくる。

媚薬で興奮していたとはいえ魔女の誘惑に負け、発情した犬のように盛り、請われるがまま子種を注ぐなど、信じられない愚行だ。

目を覚ました時、アクセルは危うく叫び声を上げるところだった。無理もないと思う。

起き抜けに、己の寝台で寝入る魔女の姿を目にしたのだ。

無防備に裸体をさらす彼女を起こさぬよう静かに寝台を抜け出てみれば、敷布には赤い痕が点々とついていた。

血の気が引くというのは、ああいうことを言うのだろう。

そう実感するほどに、アクセルは愕然としていた。

魔女の色香に惑わされ身体の関係を持った——、死後王室史に『色ぼけ王』と記載されても文句は言えない。

冷静になった頭で改めて己のしでかしたことを思い出し、アクセルは城中の窓に頭を打ちつけたくなった。

(あんなもの、俺の意思ではない)

ルーナを抱いたのは、魔術か何かで誘惑されただけ。アクセルは操られていただけだ。

だがどんなに言い訳をしても、彼女と交わした口づけの甘さや柔らかな肌の感触、花と薬草の混じった心地よい香りを思い出すだけで、今でもアクセルの血は燃え上がりそうになる。

(ああ、苛々する……!)

天にも昇るほど気持ちよかったのも腹が立つし、相手が『仇の縁者』だったということにも腹が立つ。

ルーナは何やら言い訳をしていたが、あれほど似ているのに無関係だとは言わせない。

日焼けを知らぬ乳白色の肌、雫《しずく》を乗せられるほど長い睫毛、月光を紡いだような銀糸の髪。

そして水晶のようなきらめきを持つあの印象的な水色の瞳も、桃色の唇も。

その全てが、かつてアクセルに呪いをかけたあの魔女と瓜二つだ。

野に咲くスミレのように可憐な佇まいをしているくせに、その本性は鋭い棘《とげ》を持つ深紅の薔薇である。

アクセルはまんまと嵌められ、自身の仇と瓜二つの女を抱いたというわけだ。

本来なら牢で尋問して目的を吐かせ、不敬罪で裁くべきなのかもしれない。

けれど強気な考えは、健気にアクセルを受け入れるルーナの姿を思い出すだに霧散した。

破瓜の痛みに耐え、美しい顔を苦痛に歪め、真珠のような涙を流す美しい娘――。

(馬鹿な。あんなのは男をたぶらかすための演技に決まっているだろうが)

何度も自分にそう言い聞かせようとしたが、駄目だった。

眠る彼女を見つめている間も、心を占めていたのは怒りより罪悪感であり、婚前の乙女を穢《けが》してしまったことに対する深い後悔だった。

この国で女性の不品行は恥とされ、いまだに初夜の敷布を両親が確認するという時代錯誤な決まりを守っている家もあると聞く。

未婚の乙女にとって、純潔とは黄金より大切なもの――そんな言葉さえ残っているほどだ。

(だからと言って、なぜ、俺が罪悪感を覚える必要がある?)

あの魔女は己の純潔を盾に王の弱みを握り、王妃の座に収まろうとする狡猾《こうかつ》な悪女だ。

アクセルはたぶらかされただけ。気に病む必要はない。

だがどんなに言い訳がましいことを考えたとて、アクセルがその『悪女』の美しさに心奪われ欲情したのは紛れもない事実である。

腹が立つ。

悔しいことに、アクセルはあれほど美しい存在を他に知らない。

本人の前では老婆のような白髪だとか、ぼやけた青い目だなんて言ったが、あんなものは彼女の美しさを認めたくないがための強がりだ。

一体どれほど神に愛されたら、あんな乙女がこの世に生まれ出ずるのか。

木の葉に溜まった朝露を飲み、花の蜜を食べ、光の精霊たちに囲まれ育ったのだと言われても信じてしまいそうだ。

――ルーナは知りもしないだろう。

眠る彼女の身体を綺麗に拭い、着替えさせている最中、アクセルがどんなに己の欲望をねじ伏せるのに必死だったか。

目覚めた彼女と言葉を交わした際、何度その柔い肢体を押し倒したい衝動に駆られたか。

そして彼女には大きすぎる男物の襟から覗く胸の膨らみや、剝き出しの肩。珊瑚《さんご》色の唇を前に、暴れ狂いそうになる下半身から意識を逸らすのがどれほど大変だったか。

(それなのに俺の気持ちなど少しも知らず、あの魔女は……。クソッ……クソ……!)

苛立ち紛れに数度壁を殴りつけるが、ただいたずらに使用人たちを怯えさせただけで、気分は一向に晴れなかった。

媚薬のせいだ魔法のせいだとどんなに言い訳を並べ立てたところで、自身の心に嘘はつけない。

ルーナを抱いていた時、アクセルは間違いなく彼女にある種の親密な感情を抱いていた。

愛くるしく男の心を掻き乱すあの悪魔のような小娘に対し、愛《いと》おしさや慈しみを覚えてしまったのだ。

欲望と言いきるにはあまりに甘ったるい感情を、どう表現していいかアクセルにはわからない。わからないからこそ戸惑い、それを隠すために、つい必要以上にきつい態度を取ってしまった。

正直に言えば、恥ずかしかったのだ。

我を忘れ、目の前の美しい魔女に溺れてしまったことが。そして、認めたくなかった。仇と同じ顔をした女に欲情した事実を。

けれど今更になって、後悔している。

(彼女は無垢だった。なのにそれを、俺が……俺は……一方的に怒鳴りつけて)

足を止め、自身が部屋を後にする直前、ルーナが浮かべていた表情を思い出す。

彼女は泣いていた。

(……違う、俺が泣かせたんだ)

刺すような痛みが胸に走る。

水色の瞳を潤ませ、それでも涙を零すのを堪えようと、気丈に唇を噛みしめていた。

あれが、王の弱みを握ってのし上がろうとする強欲な女の表情だろうか。少なくともアクセルには、あの涙は本物に見えた。

彼女の行動に裏がなかったとは思えないが、どうしてあのような行動を取ったのか、理由くらい聞いてもよかったではないか。

ルーナは一生懸命何かを伝えようとしていたのだから。

それなのに、アクセルは強引に遮った。一方的に詰り、話も聞かず頭ごなしに怒鳴りつけた。

(どんな罰でも受ける、と言っていた)

彼女はどれほどの覚悟でそれを口にしたのだろうか。そして今、アクセルの去った部屋でひとりきり、どんな思いで待っているだろうか。

初めて男と身体を重ねた翌朝、辛い痛みを身体に抱えたまま。

じわじわと冷静さを取り戻していた頭が、ここにきて急速に冷える。

(今すぐ部屋へ戻らなければ)

もう一度ルーナと話をしようと踵を返した、その時だった。

「陛下！　ああよかった。こちらにおいででしたか」

「シトロン？」

廊下の向こうからやってくる従兄弟に、アクセルは怪訝な目を向けた。

王宮内でシトロンが声をかけてくることそれ自体は珍しくないが、彼はどこか焦ったような表情をしており、その傍らには洗濯籠を手にしたメイドが共にいる。

「一体どうしたんだ？　それに、そのメイドは――」

「申し訳ございません、陛下。実は先ほど、このメイドが陛下のご寝所を整えていた際に、敷布についた血痕を発見したそうで……」

「はい、こちらの敷布です」

「んんっ」

ご丁寧に血のついた敷布を広げて見せられ、つい妙な声が零れた。

言うまでもなく、その血痕は昨日、ルーナが純潔を失った際についたものである。

「差し出がましいこととは思いつつも、陛下がお怪我かご病気でもされていてはいけないと思い、偶然通りかかった内務長官さまにお声をかけさせていただきました」

「感謝します。君には後ほど、何か褒美を取らせましょう。ああ、それから、このことはくれぐれも内密に」

「も、もちろんでございます！」

破壊力の強い美形から間近で囁《ささや》かれ、メイドはすっかり真っ赤な顔をしたまま、ふらふらと熱に浮かされたような足取りでその場を後にする。

残ったシトロンはと言えば、いつになく深刻な顔でアクセルを見つめていた。

「陛下。どこかお加減が悪いのを、私に隠しているのではありませんか？」

「そ、そんなことはない」

「でしたらなぜ、そんなに目を逸らすのですか？　もう宮廷医には相談なさったのですか？　どうか従兄弟である私にだけは、真実を教えてください。秘密は必ず守りますから」

彼の中では既に、アクセルが何か重病に罹《かか》っており、それを必死で隠している——というような構図ができあがっているらしい。

質問攻めにしてくる従兄弟の不安げな表情に、真実を告げるのが躊躇われ、ますます視線を合わせることができない。

しかしそんな態度のせいで、シトロンの思考はますます悪いほうへと傾いてしまったらしい。

「陛下。いいえ、アクセル。わたしは忠実な臣下として、そしてそれ以上に、あなたに従兄弟として信頼されているという自負があります。ですが、その私にすら言えないほどの病なのですか？　……アクセル！　どうか治る病気だと仰ってください！」

もう駄目だ、耐えきれない。

心の底からアクセルの身を案じているであろうシトロンの態度に、とうとう罪悪感が限界を突破した。

「……では、ない」

「え？　なんですか？」

「病……では……ない。怪我も、していない……。あれは、破瓜の血だ」

「はか」

聞いたこともない単語とでもいうように、シトロンが同じ言葉を繰り返す。

「つ、つまりだ！　昨日、あの魔女と……」

勢いで説明しようとしたものの、恥ずかしいやら情けないやらで声が尻すぼみになってしまう。

けれどその態度だけで、シトロンは何もかも察したようだ。白い顔を青ざめさせ、引きつった笑いを浮かべている。

「——え？　え？　まさか……水晶の魔女殿と同衾《どうきん》を？　合意の上……ですよね？」

(コイツは俺のことをどういう目で見ているんだ)

一瞬半眼になりかけたが、昨日の己の態度を考えればシトロンがこんな反応を返すのは無理もないと考え直す。

何しろルーナとは互いに初対面の印象が悪すぎた。そんなふたりが共寝したなど、俄《にわか》には信じがたいだろう。

「当然だ。というか、向こうのほうから迫ってきた」

「は、はぁ？」

何を言っているんだ、と言わんばかりに目を剥くシトロンに、アクセルは昨晩の経緯を簡単に説明する。

ルーナが媚薬の効果を試しに部屋までやってきたこと。

仮面を外した彼女についムラムラして、唇を奪ってしまったこと。

すると彼女が突然、抱いてほしいと訴えてきたこと。

自分に呪いをかけた魔女とルーナがそっくりだという話は、己の名誉のためにも割愛した。でなければ、『陛下は、ご自分を呪った相手に欲情する変わった趣味がおありですか？』とでも言われかねない。

「しかし、どうして水晶の魔女殿はそのようなことを。下世話な話になりますが、血が出たということは、処女だったはず……ですよね」

「ああ。最初はそれを盾に、〝王妃にしろ〟と迫るつもりだったのではないかと思っていたのだが――」

「陛下……。まさかそれ、魔女殿ご本人に伝えてないですよね？」

なぜそんな質問をするのだろう。

シトロンだってもし、ほぼ初対面の女性が突然『抱いて』と迫ってきた挙げ句、『中で出してほしい』などと言い出せば、その可能性を疑うはずだ。

けれど何か、嫌な予感がした。

――嫌な予感はしたものの、ここであえて事実を曲げて伝える理由が保身以外に思いつかなかった。

「…………言った」

素直に答えた結果、シトロンの顔色はますます悪くなっていく。

「もちろん今は、彼女にも何か事情があったのではないかと思っている。例えば誰かに脅されたとか。だから、もう一度話を聞いて、その上で責任を取ろうと――」

早口で言い訳をしたその時、シトロンが話を遮るようにアクセルの両肩をがっしりと摑んだ。

「陛下」

重々しい呼びかけに、やや気圧されながら返事をする。

「な、なんだ」

「魔女殿は、ご自分の意思で王宮にいらっしゃったわけではありません。――ソジャ男爵に誘拐される形で、強引に連れてこられたのです」

するとシトロンが、簡潔に事情を説明してくれた。

――結論から言うと、ルーナは無実だった。

報酬や対価が目当てだなんてとんでもない。

家族同然のうさぎを質に取られ、何もわからないまま誘拐された、被害者だったのだ。

全てを知った時、アクセルは頭を鈍器で思いきり殴られたような衝撃を覚えた。

(ルーナは、被害者だった……。それなのに、俺の取った態度はなんだ)

初対面から彼女を誤解し、これまでの魔女たちと同じだという勝手な思い込みで罵った。

更には彼女の処女を奪い、暴言を吐き、泣かせてしまった。

——こんな無礼で最低な男のことを、彼女は懸命に救おうとしてくれていたのに。

王としてどころか、ひとりの人間として最低の振る舞いだ。自分で自分に腹が立つ。

シトロンから話を聞いた直後、アクセルは急いで自室へ戻った。

自身の愚かな振る舞いを一刻も早く謝罪し、償わなければと思ったからだ。

けれどルーナは、アクセルの部屋から姿を消していた。机の上に、一枚の書き置きを残して。

王さまへ
勝手に部屋を出てごめんなさい。研究室に薬を作りに行ってきます。

ルーナより

薬。

この状況で、一体なんの薬を作ろうというのか。

数秒ほど考えた後、すぐに答えは見つかった。

毒薬だ。彼女はアクセルから残酷な言葉を浴びせられたせいで心傷つき、世をはかなんでいるに違いない。

全身の血が凍るような錯覚に襲われ、気づけばアクセルは廊下を全力疾走し、研究室へ向かっていた。

◆◆◆

一方、ルーナはすりこぎ片手に、ごりごりと豪快に薬草をすりつぶしていた。

「別にね？　わたしだって、初体験に過剰な夢を抱いてたわけじゃないのよ？　キスだって一生するつもりはなかったし。でも、もしいつか自分が〝そういうこと〟をする時が来たら、当然好きな相手と甘い時間を過ごしたいと思うのが、乙女心ってものじゃない？」

椅子の上にちょこんと座るカロからの返事は、もちろんない。しかし、愛《まな》うさぎに話しかけるのは一種の習慣なのだ。

無言のまま鼻をひくひく動かすカロに、ルーナは構わず話を続けた。

「何も特別なことは望んでないわ。昨日は素敵だったよ、とか。身体は辛くない？　とか。優しい言葉をかけてもらえたら嬉しいなって。――なのに」

ドン、とすりこぎを作業台の上へ乱暴に置く。

ドロドロに混ざり合ったすり鉢の中身を見つめるルーナの目には、爛々と怒りの炎が燃えていた。

「なんなの、王さまのあの態度！　話も聞いてくれないし、優しくないし、わけのわからない言いがかりはつけてくるし！　ばか！　ばか！　最低最悪の石頭!!」

アクセルの剣幕に気圧され不覚にも泣きそうになってしまったが、冷静になった今、徐々に怒りが湧いてくる。

（わたしだって初めてだったのに……。自分だって盛り上がってたくせに……）

確かに、アクセルとの行為は単なる事故で、気持ちを伴っていたわけではない。

呪いで発情した魔女と、媚薬で興奮した王。その場しのぎのなし崩し的な行為だった。

それでも、彼は最後まで精一杯の優しい手つきでルーナを高めてくれた。まるで、恋人同士のような熱い睦み合いだった。

初対面の相手との行為とは思えぬほど気持ちがよくて、激しく求められる悦びに身体中が甘く震えて――。

だからこそ、手のひらを返したような今朝の態度を余計ショックに感じるのだろう。

好きな相手でもない上に、優しい言葉もかけてもらえないなんて、初体験としては最悪ではないか。

——意地汚い魔女。淫売。

アクセルにぶつけられた言葉を思い出すなり、胸の奥に鈍い痛みが走る。

(そりゃ、王さまの立場やこれまでの経緯を考えたら、嵌められたと思うのも無理ないわ。でも、ちゃんと謝ったのに……)

脅すつもりなどないと言ったのに、聞いてもらえなかった。

鼻の奥がつんと痛くなり、じんわりと視界がにじむのを、ルーナは首を横に振ってごまかした。

「だめだめ！　泣いたら負け。あんな強情な王さまのことなんて忘れるの」

自分に気合いを入れるため両手で軽く頰を叩き、すりつぶした薬草を水で薄める。

仕上げに白い薔薇のみから集められた蜂蜜を入れれば、避妊薬の完成だ。

どろりと濁った緑色は見るだけでげんなりするが、飲みやすいよう丸薬にしている時間はない。

水薬を器に注ぎ、できるだけ味を感じないよう中身を一気に呷《あお》る。それとほぼ同時だった。

「——待て、飲むな!!」

研究室の扉が大きく開け放たれ、血相を変えたアクセルがそう叫んだのは。

彼は驚くルーナの許へ信じられない速さでやってくると、乱暴に器をはたき落とす。

カランカランと、乾いた音を立てて空の器が床を転がっていく。それを眺めていた彼の顔色が、みるみるうちに白くなっていった。

「全部飲んだのかっ⁉」

両肩を鷲摑《わしづか》みにしながら、怒鳴るような大声で問われる。

だが、怒っているわけではないようだ。鬼気迫る表情からは、なぜか焦りが感じられた。

わけもわからず素直に頷けば、アクセルが舌打ちを零しながら、眉間にぐっと皺を寄せる。

「なんてことだ。待っていろ、すぐに医者を呼んでくる！　そこでじっとしていろ」

「お、お医者さま？　どうしてですか？」

「お前を……死なせるわけにはいかない」

やけに真剣な口調に、ルーナの目が点になった。

突然やってきて意味不明な行動を取ったかと思えば、いきなり何を言い出すのだ、この王は。

「えっ⁉　わたし、死ぬんですか？　なんで⁉」

昨日までのアクセルであれば、ここで『喚くな、魔女。うるさい』とでも言ってルーナを黙らせていたことだろう。しかし今の彼は、やはり様子がおかしかった。

「とぼけなくていい。たった今、俺の目の前で飲んだだろう。――毒薬を」

一体何を言っているのだ。

目を点にしたまま、ルーナはゆっくりと瞬きを繰り返した。

(ど……毒薬？　誰が？　わたしが？)

床にはたき落とされた空の器。血相を変えたアクセル。そして『死なせるわけにはいかない』という言葉。

じわじわと、頭が状況を理解し始める。

もしかして彼は、ルーナが服毒自殺を図ったと思い込んでいるのか。

「あの、王さま」

「喋るな！　少しでも毒の回りを遅くしないと……」

「いえ、わたしが飲んだのは避妊薬なんですけど」

「わかった、避妊薬だな！　すぐに解毒剤を――」

踵を返したアクセルが振り向いたのは、それから三秒後のことだった。

「――なんだって？」

「ですから、避妊薬です。毒なんて飲んでません。念のため説明しておきますけど、避妊薬っていうのは妊娠を避けるための薬です」

「避妊、薬……？　毒では……ない？」

切れ長の目が零れ落ちんばかりに見開かれた。

「そう言ってるじゃないですか。大体、どうしてわたしが毒なんか飲まないといけないんですか」

少々呆れながらそう返せば、アクセルが脱力したように椅子にへたり込み、顔を両手で覆った。

それからしばらく沈黙が続き、やがて聞こえてきたのは、深く長い溜息と独り言のような呟きだ。

「なんだ……。そうか。毒では、ないのか……。よかった……」

先ほどから、どうにも様子がおかしい。

具合でも悪いのかと心配になり、下から顔を覗き込もうとすれば、アクセルが俄に顔を上げた。目は微かに潤んでおり、鼻の頭が赤い。

(もしかして、泣きそうになってるの……？)

疑問を口にすべきか黙っておくべきか迷う間もなく、次の瞬間、ルーナはアクセルに抱きしめられていた。

「ぎゃあっ!?」

「……俺の」

ルーナの、喉を絞められたような不格好な悲鳴に頓着することなく、アクセルが掠れた声を上げる。

「俺の、せいでお前……いや。君を、死なせてしまうかと……」

「ど、どうしてそうなるんですか？」

アクセルの香りを近くに感じ、酷く落ち着かない心地にさせられた。しかし、離してほしいと言い出せるような空気でないことくらいはわかる。

できるだけ動揺を押し隠しつつ問いかければ、背に回る腕がますます力を強め、隙間なくルーナを抱き寄せた。

「……君に、酷いことを言ってしまった。君を傷つけるような、酷いことを」

「え……？」

「シトロンから聞いたんだ。君は自分の意思で城へやってきたのではなく、ソジャ男爵に無理矢理連れてこられただけなのだと……。それを、俺は……。本当に申し訳ないことをした」

「もしかして、自分の言葉のせいでわたしが毒を飲んだかもって思ったんですか？」

こくりと、アクセルの頭が上下に揺れる。

意外だった。

初対面の時から魔女嫌いを隠そうともせず、偉そうにふんぞり返っていた『王さま』が、大嫌いな魔女相手にこんな真摯な態度を取るなんて。

「ふふっ……」

王も人間なのだ。

そんな当たり前のことに今更気づいた自分も、アクセルの殊勝な態度もなんだかおかしくて、思わず笑い声を零してしまう。

「王さまったら。女の子って見かけより強いんですよ」

ルーナの背に回ったアクセルの手が緩んだ。

そろそろと身体が離れていき、憔悴《しょうすい》しきった紫の瞳が、救いを求めるようにルーナを見上げる。

「怒って、いないのか？」

「それはまあ、言われた時はムッとしましたけど……。でも、そんな顔で謝ってくれている人を赦せないほど、心が狭いわけじゃありませんから」

それにアクセルの立場を思えば、誤解をされるのも仕方がないとわかっている。

何せ国王に向かって『中で出して』などと迫ったのだ。我ながら大胆すぎて、思い返すだに頬が熱くなる。

「……君は心が広いんだな。ありがとう、ルーナ」

「いえ、そんな」

『魔女』ではなく名前で呼ばれると、どうしても昨晩のことを思い出して落ち着かない。目を泳がせながら答えるが、アクセルはルーナの両手をしっかりと握りしめ、優しい瞳で見つめてくる。

「君に酷いことを言って、傷つけて本当に申し訳なかった。簡単に償えるとは思っていないが、できることならなんでもする。何か望みはないか？」

アクセルだけに落ち度があるわけでもないし、少し大げさではないかと思ったが、これはある意味好機かもしれない。

――できることならなんでもする。

そう彼は『なんでも』と言ったのだ。

ならば今、ルーナが望むことなどひとつしかない。

「だったら……」

少し躊躇った後、ルーナは深呼吸して息を整えた。

「わたしと、せ、性交してくれませんか……？」

「……は、――はぁっ!?」

間の抜けたアクセルの声が、研究室に響いた。

◆◆◆

『呪いを解くため半年間、満月の夜に性交をしてほしい』

簡単に言うと、ルーナの申し出はこうだった。

話を聞けば、幼い頃にかかったたちの悪い呪いのせいで、初めて口づけを交わした男と定期的に身体を重ねなければ死んでしまうらしい。

なんの冗談かと思ったが、ルーナの顔は至って真剣で、嘘を言っている様子は微塵も感じられない。

(そんなふざけた呪いを作った魔女はどこのどいつだ)

命をも脅かす呪いの存在に、アクセルは酷く憤慨し、そして狼狽《ろうばい》した。

そういうことは本来、好き合った恋人同士ですべきものだ。

けれどアクセルとルーナは恋人どころか、最悪の関係をこれから修復しようとしている間柄である。

これからゆっくり時間をかけて仲を深めようと思っていた矢先に、まさかそんな提案をされるとは思いもしなかった。

もちろん、身体を重ねるのにやぶさかではない。

正直な話、アクセルの心はとっくにこの可愛らしい魔女に囚われている。

なんだかんだと憎まれ口を叩いたところで、仮面の奥に秘められていた美しい水色の瞳と目が合った瞬間、アクセルは魔法にかけられたのだ。

『恋』という名の、甘酸っぱく幸福な魔法に。

けれどそれを認めたくなくて、つまらぬ意地から酷い態度ばかり取ってしまった。

――妃《きさき》にするならルーナしかいない。

アクセルの心は固まっていた。できれば今すぐにでも求婚したい。

とはいえ突然そのようなことを言い出せば、警戒され、拒まれることは目に見えている。

それに最悪、けじめをつけるために仕方なく結婚を持ち出した、とも取られかねない。

ならば彼女が呪いを解くため城に滞在している間に、少しずつでも恋愛対象として意識してもらえるよう努力しなければ。

『君が城に滞在している間は、いい友人として仲良くしたいと思う。君は俺の大切な客人として、ゆっくり過ごせばいい』

気負わせないようあえて軽い言い方をし、その日のうちに、アクセルはルーナに新しい部屋を用意した。

元々滞在予定だった部屋は、未来の王妃をもてなすためにはあまりに狭く、王の居室から遠すぎる。広く豪奢な客間に滞在してもらうことにし、更に、不便がないようにと世話係のメイドもつけた。着替えがないというので、ひとまず他国へ嫁いだ従姉妹が若い頃着ていたドレスも用意する。

(とはいえいつまでも借り物というのも申し訳ないから、滞在中、彼女に似合う新しいドレスを仕立てさせよう)

誠意と好意を伝える手段が贈り物というのもありきたりだが、形にしたほうがわかりやすいこともある。

身体が先行した関係ではあったが、ゆっくりと心も通わせていきたい。

そしていつか、想いが通じ合った時に求婚するのだ。

——妻になってほしい。本当は君に、一目で心奪われていたのだと。

六章　お姫さまのように甘やかされて

誤解が解けてからというもの、アクセルの態度は一変した。

彼はルーナを『大切な客人』と呼び、贅沢《ぜいたく》な部屋を宛てがった上、身の回りの世話をしてくれる専属の侍女までつけてくれた。

レザン夫人といって、今は亡き王妃に仕えていた人らしい。アクセルのことも幼い頃から知っており、信頼できる女性だそうだ。

彼女はルーナのことを『お嬢さま』と呼び、細やかに気遣ってくれた。

――お嬢さま、今日のドレスはこちらにいたしましょうか。

――お嬢さまは御髪《おぐし》の色がとても綺麗ですから、どんな髪飾りも映えますわ。

――掃除などはメイドがいたしますので、お嬢さまはどうぞごゆっくりなさっていてくださいませ。

綺麗なドレスを身につけ、髪を宝石で飾る毎日は、小さな庵でボロボロのローブを着て働いていた日々とはまったく違う。下にも置かぬ扱いで甘やかされ、ルーナはまるで自分がお姫さまにでもなった気分だった。

その日もルーナはアクセルに誘われ、四阿《あずまや》で午後のお茶の時間を過ごすことになった。

「本当に、陛下はお嬢さまのことがお好きですのね」

愛らしい桃色のドレスをルーナに着せながら、レザン夫人が微笑ましげに言う。

思いも寄らない言葉だった。

彼女にはルーナの身の回りの世話を引き受けてもらう都合から、本当の滞在理由を伝えている。それなのに、アクセルがルーナに好意を抱いているなんて発想がどこから出てきたのだろうか。

「だって、魔女嫌いで有名な陛下がこんなにも厚遇なさるなんて、それはもうお嬢さまのことを憎からず思っているからに違いありませんわ」

「ち、違うと思います。王さまはただ、わたしを友人として扱ってくれてるだけで……」

なし崩し的に処女を奪った責任を感じているとか、一方的な思い込みで罵倒したことを後悔しているとか、理由は色々あるだろう。

けれど、アクセルがこんな風によくしてくれるのは決して、夫人の言うような艶っぽい理由からではない。

「いいえ、そんなことはございませんわ！」

けれど彼女は、力強くルーナの言葉を否定した。

「よく思い出してくださいませ。陛下がお嬢さまを見つめる時のあの優しい眼差し……。微笑みの柔らかなことと言ったら。陛下が女性相手にあのような態度を取ったところを、わたくしは他に見たことがございません」

「そ、そうでしょうか……」

「そうですとも！　今日だって、従姉妹君のお下がりでは申し訳ないからと、お針子に新しいドレスを仕立てるよう命じられたばかりですもの」

ルーナは借り物でももったいないほどだと思っていたのに、アクセルのほうはずっと、従姉妹のお古を着せていたことを気に病んでいたらしい。わざわざ新品のドレスや靴を作らせるため、腕利きの針子たちを呼んでくれた。

いつも国王の衣服ばかり仕立てていた針子たちは、貴婦人用の衣装を仕立てるのはとても久しぶりだと随分張りきっている様子だった。

「それに女性とふたりきりでお茶をなさるのも、これが初めてですのよ。これはもう、お嬢さまを未来の王妃さまとお考えになっているに違いないかと！」

（さ、さすがにいくらなんでも話が飛躍しすぎじゃないかしら）

熱のこもった言に若干呆れてしまったが、せっかく盛り上がっているところに水を差すのも申し訳ない。それに否定したところで、きっと夫人は納得してくれないだろう。

ルーナは引きつった笑いを浮かべ、「そうですか」とごく曖昧な言葉を返しておく。

幸いにしてレザン夫人はそれ以上その話題を引っ張るつもりはないようだった。

「そろそろ参りましょう。きっと陛下もお待ちですわ」

そう言って、ルーナを部屋の外へ連れ出す。

廊下を通って階下へ降り、庭園に繋がる扉を開けると、そこには茶会のための白いテーブルとソファが置かれていた。

ソファの傍らにはアクセルが佇んでいて、上機嫌にルーナに微笑みかけている。

今日の彼は、出会った時と同じかそれ以上に飾り気のない、黒い衣装に身を包んでいた。

少し離れた場所には大勢のメイドたちと護衛のための騎士が立っており、ルーナの姿を認めるなり揃って頭を下げる。

「わたくしもお側に控えております。さあ、陛下の許へおいでなさいませ」

レザン夫人に送り出され、ルーナは長いドレスの裾を摘まみながら少し早足でアクセルの側へ近寄った。

「お待たせしてごめんなさい」

「大丈夫だ。少しも待っていない」

軽く首を振ると、彼はルーナをソファへ腰かけるよう促す。

テーブルの上には見たことがないほどお洒落なケーキや焼き菓子の数々に、水彩絵の具をばらまいたかのような、色とりどりの花々も飾られていた。

カップに注がれた紅茶は午後の日差しを受けて金色にきらめき、溜息を誘うほど芳しい香りを立ち上らせている。

「ほら、ルーナ。全部お前のために用意したものだ。遠慮なく食べるといい」

屈託のない笑顔に思わず見とれそうになり、ルーナは慌てて目を逸らした。

レザン夫人が妙なことを言うから、つい意識してしまいそうになるではないか。

しかし、アクセルがそんな繊細な乙女心など知るはずもない。

「この林檎《りんご》のタルトは甘酸っぱくて絶品だぞ。こっちの焼き菓子は中にオレンジの皮が入っていて、爽やかな味が楽しめる。それから――ああ、このチョコレートクッキーは宮廷菓子職人ご自慢の逸品だ。俺も小さな頃から、よく食べていた」

次々と、ルーナに菓子の説明をしてくる。

彼の気遣いは嬉しい。勘違いだったとはいえルーナに暴言を吐いたことを、きっと心から反省しているのだろう。

とはいえ、少し甘やかしすぎではないだろうか。

何もこれだけに限った話ではない。ルーナの部屋には毎日のように香水やら宝石やら花やらの贈り物が届けられ、城に滞在してまだ日が浅いというのに、大きな宝石箱や化粧棚がもう隙間なく埋まっているほどだ。

そして針子たちが作るドレスによって、衣装部屋もすぐ満杯になることだろう。

カロにも毎食ごとに上等の野菜が手配され、以前と比べて明らかに毛艶が増している。

(粗末な食事をあげてたつもりはないけど、やっぱり王宮で使われている野菜は違うのね)

今もすぐそばでカボチャを咀嚼《そしやく》している愛うさぎを見つめつつ、つやつやの毛並みに感心していると、アクセルが目の前にクッキーを差し出してきた。

「ほら、口を開けて。零さないように」

「こ、子供じゃないんですから自分で食べられます。それに、王さまの謝罪の気持ちはもう十分に伝わってますから！」

少し強く言うだけで、アクセルは不安をにじませる。

「迷惑だったか……？」

「迷惑なんかじゃ……ありませんけど……」

そんな顔をするのは反則だ。飼い主に叱られた犬のようにシュンとした彼の表情に、ルーナはたちまち何も言えなくなった。

結局はひな鳥のように素直に口を開き、クッキーを受け入れてしまう。

「――美味しい！」

一般的なサクサクしたものも美味しいけれど、このクッキーはまるでとろけるような不思議な食感だ。しっとりした上品な甘さが、口の中で滑らかにほどけていく。

（ほっぺが落ちちゃいそう……）

胸いっぱいに幸福感が広がり、唇がだらしなく緩んで、先ほどまで抵抗していたことはすっかり頭から抜け落ちる。

「君は本当に美味しそうに食べるんだな。菓子職人が見たら、きっと喜ぶだろう」

「だって、本当に美味しくて……。でも、これ以上贅沢したら、わたしもカロも太ってコロコロになっちゃいそう」

先ほどから、カボチャのお代わりを求めて袖を引っ張っている愛兎にちらりと目をやり、ついで自分の腹に視線を落とす。

これまで、質素倹約を絵に描いたような生活を送っていたのだ。

特に生活に困っていたわけではないが、ペッシェが生きていた時と違い、ひとりで囲む食卓は味気なくて、料理を作る際に気合いが入らなかったのである。

だからここ二週間、アクセルと共に食卓を囲むようになってからというもの、ルーナは少しふくよかになってしまった。

何せ王宮で出される料理は豪華なものばかりだし、毎日のようにこうして、アクセルが美味しいお菓子を勧めてくるのだから。

そして何より、誰かと一緒に食事をとるのは久しぶりのことで、嬉しくてつい食べすぎてしまうのである。

「俺は、コロコロになった君も可愛いと思うが」

「んぐ……っ。げほっ、ごほっ」

大真面目に言われて、危うくクッキーを喉に詰まらせかけた。

ルーナが城に滞在してからというもの、アクセルはずっとこの調子だ。

口説かれているのかと錯覚してしまいそうになるほどに、態度も眼差しも甘い。『いい友人として仲良くしよう』とは言われたものの、一般的な友人同士は皆、こんなやりとりをするものだろうか。

俺に引きこもってばかりいたルーナは、世間の事情に疎くて『普通』がわからない。

「んんっ。もう、王さまったら調子がいいんですから」

いがいがする喉を潤すため、ティーカップに唇をつける。

何せ異性からこんな風に甘やかされるのは、生まれて初めての経験である。あからさまなお世辞を喜ぶのもどうかと思うが、上手な大人のあしらいとはどういったものだろう。

ごまかすように菓子と紅茶を交互に口に運び、あらかた腹が膨れたところで、ルーナは改めて中庭の光景に目を向けた。

「それにしても、綺麗なお庭ですね」

この場所をどこかで見たことがあるような気がして、ルーナはじっくりと眺め回す。

よく手入れされた薔薇が生け垣を這い、等間隔に植えられた木は雫型に剪定《せんてい》されていた。

花壇にはさまざまな色合いのポピーが咲き乱れ、賑やかに目を楽しませてくれる。

レンガ造りの歩道の中央には、憩いの場らしき噴水が設置されており、絶え間なく水の流れる音を届けていた。

城正面の庭園と比べてややこぢんまりとした印象だが、それが逆にあたたかみを感じさせ、安心感を覚える。実に美しい光景だ。

「それに、どこか懐かしいような……」

そう言ってから、ふと、昔のことを思い出す。

ルーナが迷子になったあの庭の光景は、ここによく似ている気がした。

「あ……。もしかしてわたし、小さな頃にこのお庭に来たことがあるかもしれません」

「君が？」

「はい。まだ四、五歳の頃なのでおぼろげなんですが、お師匠さまと一緒に王妃さまを訪ねて……。そこで、紫の髪と目をしたすごく素敵な男の子と出会ったんですよ」

もしかしたらアクセルがその子のことを知っているかもしれない。

ルーナは嬉々として、当時のことを話す。

迷子になって途方に暮れていた時、優しい男の子が助けてくれたこと。友達になりたかったけれど、いつの間にかいなくなっていたこと。

あれが自分の初恋だったのだろうということもつけ加える。

「王さま、心当たりはありませんか？　身なりのいい子だったから、どこかの貴族のご子息かもしれないんですけど」

するとなぜかアクセルは黙りこくったまま、気まずげにしていた。

「王さま?」

何か変なことでも言っただろうかと不思議に思って問いかければ、彼は困ったように眉を下げ、迷いながら口を開く。

「それは——多分、俺だ」

「え？　でも、髪の色が違います。あの子は紫の髪をしてて……」

「髪の色は、年を重ねるにつれて黒に近くなっていったんだ。子供の頃は、もっと明るい紫色だったんだが」

　確かに彼の髪は、陽光に透かすと微かに紫がかって見える。

（それに、紫の目の人なんて滅多にいないわ……。だけど、本当に？）

　期待を込めてアクセルを見つめると、彼はゆっくりと、当時の思い出をなぞるように話し始めた。

「君は赤いワンピースを着ていただろう。鍔広の帽子を被って、頭をすっぽり覆って」

　その通りだった。幼い頃は日焼けするとすぐに肌がかぶれたため、師が予防のために鍔広の帽子を被せてくれたのだ。

「あの日、俺は授業を受けるのが嫌で、家庭教師から逃げて気分転換に庭に出ていたんだ。そこで、泣いている君と出会った。蝶々を追いかけていて迷子になったと言っていただろう？」

彼の言葉と幼い日の思い出が重なり、ルーナは声を弾ませる。

「じゃあ、本当にあの時の男の子が王さまだったんですね？　本当の本当に？」

「ああ、そうだ。がっかりさせたかもしれないが」

「どうして？」

ようやく再会できたと喜ぶルーナとは裏腹に、アクセルはますます眉を下げ、困ったような顔をしてみせた。

ルーナにとって宝物のようだったあの日の出来事は、もしかして彼にとってはあまりよくない思い出なのだろうか。

不安になっていると、アクセルは少し迷ったようにこう続けた。

「……君は先ほど、昔の俺を〝素敵な男の子〟だったと言った。その正体が俺だったと知って、気落ちしているのではないかと思ったんだ。ほら、何せ俺は〝ゴリラ王〟だからな」

「そんなことありません！」

自嘲するような言葉に、ルーナは己の迂闊《うかつ》さを悟り、慌ててアクセルの両手を握りしめた。

褒め言葉のつもりで口にした一言だったが、いまだに誤解されているなんて、今の今まで考えもしなかったのだ。

「わたし、もう一度あの男の子に会えたら、絶対にお友達になりたいって思ってたんです！　だから王さまがあの子だったってわかって、今とっても嬉しいですし、それに……。それにわたし、ゴリドーン三世が大好きなんです！」

「う、うん？」

「ゴリドーン三世はとっても優しくて勇気のある王さまで、森の住民たちからもすごく慕われてるんです！」

「そ、そうか」

強く訴えれば、紫の瞳が戸惑いに揺らぐ。

ルーナはたたみかけるように、更に言葉を続けた。

「そもそもゴリドーン三世を好きになったきっかけは、わたしを助けてくれた男の子に似ていて格好よかったからで、つまり！　つまり、わたしにとって王さまは初恋の相手で、わたしは王さまのことをすごく格好いいと思ってるんですからね！」

「……そう、なのか？」

アクセルが絶句しているのを見て、ルーナはようやく我に返った。

愚かな自分の発言を少しでも挽回しようと熱を込めるあまり、余計なことまで口走ってしまった気がする。

けれど、気づいた時にはもう遅かった。

しばし惚けたような顔をしたアクセルは、やがて熱っぽい表情でルーナの手を握り返す。

その頬はうっすらと赤く、手もじんわりと熱い。

「俺が……、君の初恋相手？」

「う……。はい……。そう、です……」

「それに、俺のことを格好いいと思ってくれていたのか？　一体いつから？」

これは一体どんな拷問なのだろう。

真正面から見据えられ、本人を前にこんな質問をされて。

けれどアクセルの眼差しがあまりにまっすぐだから、ルーナはごまかすこともはぐらかすこともできず、素直に答えることしかできなかった。

「魔女として、王さまに出会った時から……です……」

答えているうちにだんだんと顔が熱くなってきて、声は尻すぼみになってしまう。俯き加減になりながら、ルーナは身もだえるような羞恥と戦っていた。

今すぐこの場から逃げてしまいたいと思ったが、両手を強く握られたままでは身じろぎすらままならない。

「ルーナ……」

やがて手を離されると同時に、掌で頬を包み込むようにしながら顔を仰のかされた。てっきり、からかわれると思っていたのに、アクセルの表情は至って真剣だ。

「君にそう言ってもらえて、本当に嬉しい」

(キス、される)

そう思った時にはもう、ルーナはアクセルに抱きしめられ、彼の口づけを受けていた。

決して濃厚ではなく、軽く触れ合う程度のものだったけれど、厚い胸板とアクセルの香りを感じながらする口づけは十分官能的で、腰にぞくぞくとした痺れが何度も走った。

官能的な甘い疼きに耐えられず、足が小刻みに震える。

腰が抜けそうだと思った時、ちゅ、と名残惜しげな音を立て、ようやくアクセルがルーナから離れていった。

「――今夜は、満月だな」

濡れたルーナの唇を指で拭いながら、確かな期待を孕んだ声でそう言う。

その眼差しにこもった熱の意味がわからないほど、ルーナも鈍くはない。

「今夜、湯浴みを終えたらすぐ君の部屋に行く。……待っていてくれ」

もはや声も出ないほどにとろけさせられたルーナは、真っ赤になった顔をこくこくと縦に振ることしかできなかった。

◆◆◆

夜の気配が、刻一刻と深まっていく。

日中はあえて意識しないようにしていたけれど、空の色が変わるにつれ頭の中は『そのこと』でいっぱいになり、今や心臓は爆発寸前の様相を呈してきた。

「お嬢さま、どうか落ち着かれてくださいな。陛下はきっと優しくしてくださいますわ」

事情を知る数少ない人物であるレザン夫人が、バスローブ姿で室内をうろうろするルーナに優しく声をかけてくれる。

けれど、落ち着けと言われても。

(ど、ど、どうすればいいの……。どんな顔をして、王さまに話しかけたらいいの)

初めての時は、考え事をする余裕もなかった。

呪いが発動したせいか目の前の『男』を貪ることに夢中で、頭が朦朧《もうろう》としていた。

けれど、今日は違う。

ルーナの意識ははっきりしているし、相手が誰で、これから何が起こるかもよくわかっている。

だからいつもより念入りに身体を洗ったし、よい香りのする香油を身体中に塗り込んだ。

(気合い十分とか、やる気満々って思われたらどうしよう)

不毛だとわかっていても、そんな風に余計なことばかり考えては、羞恥で死にそうになるのを繰り返してしまう。

「さあさあ、そろそろ陛下がいらっしゃいますわ。どうぞ、こちらにお召し替えくださいませ」

うだうだ煮えきらない態度のルーナに夫人が差し出したのは、肌が透けるほどに薄い、ほとんど下着のような寝衣だった。フリルやレースで可愛らしく飾り立てられてはいるが、肌を隠すという本来の機能からはほど遠く、むしろ着ているほうが恥ずかしいとさえ思える。

「ちょ――ちょっと待ってください。そ、それを……着るんですか？　わたしが？」

「もちろんでございます！　これは今、貴婦人たちの間で話題の下着職人が手がけたもので、〝着る媚薬〟とさえ呼ばれているほどの人気のお品なのですよ！」

「で、でも、こんな透け透けだとちょっと恥ずかしいというか……」

「何を仰います！　こちらをお召しになったお嬢さまをご覧になれば、陛下も今以上にお嬢さまに夢中になること間違いなし！　女は度胸でございますよ！　ささ、お早く」

「ええ……」

引き続き重大な勘違いをしているようだが、その勢いに気圧されるあまり何も言えず、促されるまま着替える羽目になってしまった。

(うぅ……恥ずかしい……。何これ、本当にこんなのが貴婦人たちの間で人気なの？)

身につけた感覚としては——感覚がほとんどないほど軽く、薄く、どこもかしこもすーすーして心許ない。裸でいるのと、一体何が違うのだろう。

下着を着ていなければ、胸も大事な部分もすっかり丸見えだったに違いない。

「よくお似合いですわ。それでは、わたくしはこれで失礼いたします」

「ちょ……、待って——」

引き留める間もなく、レザン夫人は優雅に一礼をして去っていく。

ひとり取り残されたルーナは、胸をはち切れそうなほど高鳴らせていた。もうすぐアクセルがやってくる……が。

(ほ、本当にこんな格好でいいの!?　王さま、びっくりしない？)

びっくりどころか、引かれてしまうのではないだろうか。

豊満な胸を持つ魅力的な肉体であるならばまだしも、ルーナは女将から『つるぺた』と称される身体つきである。

とてもではないが、こんな官能的な出で立ちが似合うとは思えない。

(薬を作るために人体の仕組みは勉強してきたけど、こんなことになるなら、閨の作法が書

いてある教本でも読んでおくべきだったわ)

そうすれば、男性を部屋へ迎える際に適切な格好などを知ることもできただろうに。

アクセルはこの、薄い下着のような寝衣を見てどう思うだろうか。

悪い想像ばかりが脳裏をよぎり、不安で胃がキリキリと痛み始める。

やがて扉が外から叩かれた時、ルーナは本気で、心臓が口から飛び出すかと思ったほどだった。

「ルーナ、入ってもいいか?」

「ど、どどどどうぞ!?」

緊張のあまり、声が妙に裏返ってしまう。

寝台に腰かけていたルーナは、扉が開く直前、慌てて腰を浮かせてアクセルを出迎えた。

「失礼する」

「よ、ようこそ……いらっしゃいませ……」

こんな時にどんな言葉をかけるのが正解かわからなくて、俺で客を出迎えた時とまったく同じ挨拶が飛び出してしまう。

しかし緊張しているのは、ルーナだけではないようだった。アクセルもまた、少し強張った面持ちでルーナの側までやってくる。

風呂上がりのためか、アクセルの髪はしっとりと湿っていた。日中はきっちりひとつに結ばれている髪も、今は下ろしたままで、その雰囲気の違いにルーナはいちいちドキドキしてしまう。

「あ、の」

何を言うべきかわからなくて、ルーナはまごまごと口を開いたり閉じたりした。

けれど結局いい言葉は何も見つからなくて、口を閉ざしたままじっと俯くことしかできない。

肌に突き刺さるような沈黙が延々と続いて、だんだんといたたまれない気持ちになってくる。

どうしよう。こういう時はどう振る舞うのが正解なのだろう。

やはり閨の作法本を読むべきだった――と、改めて後悔する。

「……その寝衣は、夫人が？」

「は、はい。どこか変……ですか？　その、こんな透けたの、恥ずかしいって言ったんですけど」

「そんなことはない。とても似合っている。可愛いし、綺麗だ」

弾かれたように、ルーナは顔を上げた。

きっとまたお世辞だ。『褒めても何も出ませんよ』だとか『また調子がいいこと言って』なんて、軽く笑えば済む話だ。そう思っていた。

けれど。

「ルーナ」

紫色の瞳が、まっすぐにルーナを見下ろしている。

この上なく真剣な、けれどどこか熱を孕んだ表情で、アクセルがルーナを見つめている。

目が合った瞬間、身体の中心を甘い痺れが駆け抜けていくような感覚があった。太股の内側、ちょうど花びらの痣が浮いている辺りが熱く疼き、膝から力が抜けていく。

くずおれそうになった身体を支えたのは、アクセルの腕だった。彼はルーナの背と膝裏に手を回すと、易々と持ち上げ横抱きにする。

「寝台で、もっとよく見せてくれ。俺のために可愛い格好をしてくれた君を、隅々まで見たい」

「お、王さま……」

「俺の名はアクセルだ」

「で、でも」

初めて彼に抱かれた夜は、熱っぽい空気に流されてつい呼びつけにしてしまった。しかし、今考えてみるとなんて大胆なことをしてしまったのだろう。

いくら魔女が身分に縛られないとはいえ、自国の王を名前で呼ぶなど信じられない不遜さだ。

自身の失態を思い起こし縮こまっている間にも、アクセルは寝台に近づき、柔らかな敷布の上にルーナをそっと下ろす。

「ルーナ。君に名前で呼ばれたいんだ。呼んでくれないのか?」

ずるい、と思った。

アクセルの声には、きっと魔力が宿っている。そんな甘い声で請われて、断る理性を保てる女性がいるなら、ぜひ顔を見てみたい。

「アク、セル……」

消え入るような声で呼びかければ、精悍《せいかん》な顔に満面の笑みが浮かんだ。そうすると厳めしい顔をしている時よりずっと魅力的で、ルーナはもうまともにアクセルの顔を見られなくなってしまう。

「ルーナ?」

「……」

覆い被さるアクセルの胸元を、髪から垂れた雫が零れ落ちていく。

スパイシーな香りがする濡れた褐色の肌の、なんと蠱惑《こわく》的なことだろう。

「どうして顔を背けるんだ。こっちを向いてくれ」

「お、王さまがえっちだから!!」

「なっ!?」

無理矢理顔を覗き込まれそうになり、ルーナは大慌てで顔を両手で覆って叫んだ。アクセルは別に服を脱いでいるわけでもないし、卑猥な言葉を喋ったわけでもない。

それでも、今夜の彼からは滴るような色気を感じて堪らない。

「それを言うのなら、君のほうこそ。そんな、肌が透けそうな寝衣を身につけて――」

「わぁぁ！　ばかばか！　なんでわざわざそんなこと言うんですかっ！　だから言ったじゃないですか、恥ずかしいって！　わたしだって、本当はこんなの着たくなかったんですから！」

「ば……っ。俺はただ、いやらしくて最高だと――」

まさかそれで褒めているつもりなのだろうか。

火がついたように顔が熱くなり、ルーナは抗議をしようとアクセルを睨みつける。

「もう――！」

けれど文句を言うために開いた口は、すぐ、アクセルのそれによって塞がれてしまった。

深く侵入してきた舌がルーナの言葉を封じ、覆い被さる逞しい体軀《たいく》が、ルーナの動きを封じる。

「ん、ん……っ」

不意打ちのキスに驚き、なんとか抜け出そうと身を捩《よじ》った。けれど意思とは裏腹に力は完全に抜け、声は甘い吐息となって鼻に抜けてしまう。

「もう、いい。言い争っている時間も惜しい」

「ふぅ、ん……ぁ……」

こんなの、自分の声ではない。

認めたくないのに、アクセルの舌で上顎を舐められ舌をしゃぶられるたび、ルーナの喉からはごまかしようもないくらいはっきりと、淫らな声が漏れてしまう。

やがて唇はルーナの頬を撫で、耳へ辿り着いた。

互いの唾液でたっぷり濡れそぼった舌が耳朶《みみたぶ》の後ろを舐め、軟骨をこりこりと刺激する。ぬめった温かい舌と、湿った吐息。そして時折当たる硬い歯の感触に、ルーナは何度も身体を細かく跳ねさせる。

「ひぅ……っ、や、耳……」

「耳が、感じるのか？」

嘘をついたり、意地を張ったりする余裕なんてあるはずもなかった。耳元で喋られると余計に感じてしまい、ルーナは声もなく頷くことしかできない。

ルーナの態度に気をよくしたのか、アクセルはしばらく、耳を弄ぶことにしたようだ。息を吹きかけたり、耳の形に沿って舌を這わせたり、やりたい放題している。

「ん……っ、もう……だめです、ってば……」

好き勝手にされるのは癪《しゃく》だったが、手も足も甘い痺れに支配され、反撃する気力すら湧いてこない。

魔女とはいえ、アクセルの愛撫の前では、ルーナはなんの力も持たないただの小娘だった。

「かわいい……。ルーナ、脱がせてもいいか？」

ちゅくちゅくと耳を食《は》みながら問いかけたくせに、彼はルーナが返事をする前にはもう、寝衣の紐に手をかけていた。

今頃になって気づくが、なんて脱がせやすい構造をしているのだろう。結び目を三つ解けば簡単に、前身頃が開いて素肌があらわになる。

「きゃ、きゃーっ！　きゃー!!」

あっという間に下着一枚にされた身体を見られたくなくて、ルーナは必死でアクセルの両目を塞ごうとする。けれど彼は暴れる両手を難なく捉えると、敷布の上に強く縫いとめた。

「どうして隠すんだ」

「は、恥ずかしいじゃないですか！　それに、それに……わたし、ちっさいし……」

ペッシェや女将のたわわな乳房を思い出し、いたたまれなくて声が尻すぼみになってしまう。彼女たちがメロンだとすれば、ルーナはせいぜい林檎や梨程度のものだ。

大抵の男性は、大きい方が好きなものだと女将が言っていた。将来のためにと、胸を大きくする体操も教えてもらったことがあるが、面倒くさいと言ってろくにやらなかったことが今頃になって悔やまれる。

至極本気の訴えだったのだが、ルーナが口を閉ざすなりアクセルは盛大に噴き出した。

「ふっ……、ははっ。もう互いに全てを見せ合ったのに、今更そんなことを気にするのか？」

「み、見せ合ったとか言わないでください！　あれは不可抗力です！」

ルーナがムキになればなるほど面白いようで、それからしばらく、アクセルはくすくすと笑い続けた。そうしてひとしきり笑った後、彼はルーナの胸の輪郭を愛おしむようにそっと撫でる。

「大きさなんてどうでもいい。君の身体は綺麗だ。細い首筋も、くっきり浮かんだ鎖骨も、白くて柔らかな胸も、くびれた腰も」

言葉を追うように、唇が身体の上を滑って移動していく。

温かく柔らかな唇は触れるか触れないかくらいの優しさでルーナの肌をなぞり、もどかしい官能を呼び起こしていった。

「ほ、本当に……？　んん……」

「君に嘘は言わない」

アクセルの唇が、ついばむように胸の先を食む。

離しては咥《くわ》え、軽く引っ張っては舌先で押し込み――柔らかかった先端が硬くなり徐々に色を変えるさまを、彼は楽しんでいるようだった。

「や……、ぁ。あ、ふぅ……っ」

爪先がぴんと丸くなり、腰が何度も敷布から浮く。

決して激しい愛撫ではない。それなのにルーナの足の間は瞬く間に潤みを帯び、強く敷布を握っていなければどうにかなってしまいそうだ。

「ルーナ、可愛い……かわいい……」

「あ、あうぅ……っ！」

そうして少し強く乳首を吸われただけでたちまち我慢できなくなり、ルーナは首を仰のかせてあられもない声を上げた。

「やだ、や、変な声出ちゃう……っ」

もぞもぞと両の太股を擦り合わせながら訴えたのに、アクセルは愛撫の手を休めるどころか、ますます執拗になる一方だった。

「可愛い。もっと聞かせてほしい」

飴玉《あめだま》のように乳首を舐めしゃぶり、わざと音を立ててすすり上げては、恥じらうルーナの反応を楽しんでいる。

「ん、ん、やだ……っ、やだ……って……」

「本当に？　少しも気持ちよくないのか？」

わかっているくせに。

ルーナは恨みがましい視線をアクセルに送った。先ほどからルーナがもぞもぞと太股を擦り合わせていることを、彼が知らないはずはないのに。

ふたりとも閨事に関してはほとんど初心者なのに、自分ばかりが精一杯なのが気にくわない。ルーナはアクセルの首に腕を回して抱きつきながら、彼の首筋に軽く噛みついた。

ほんの意趣返しのつもりだったのだ。

それなのに、息を呑む気配が伝わってきたかと思えば、直後、下腹部に何か温かく硬い感触を覚える。

「……」

「……」

ふたりして沈黙の中見つめ合い、やがてアクセルがややばつの悪そうな顔で訴えた。

「君が悪いんだからな」

「う、えぇ……!?」

失敗した。軽い気持ちで、どうやらとんでもないことをしてしまったらしい。

そう気づいた時にはもう、遅かった。

慌てて身体を離せば下衣越しに、猛《たけ》った彼のそれがばっちり目に入る。

改めて見ると、とんでもない大きさだ。

(こ、こんな大きかったの!?)

この質量のものがよくぞ自分の腹の中に収まったものだと、半ば感心して見てしまう。しかもただ入れるだけではなく、抉《えぐ》るように奥を突き上げ、何度も抜き差しをして。腹が破けなかったのが不思議なくらいだ。

「……あんまり見られると、いたたまれなくなるんだが」

アクセルが苦笑するのを見て、ルーナはようやく我に返った。

異性の下半身をじっと見つめるなんて、大胆を通り越してもはや痴女である。

「わーっ！　わたしはただ、媚薬がなくてもちゃんと機能するかどうか確かめてただけでっ、他意はないんです！」

「あんなにじっくり、物欲しそうに眺めていたのに？」

「物欲し……っ」

意地悪く笑われ、ルーナは言葉を失った。

普通そこは、見て見ぬふりをするところではないのか。酷すぎる。

「――〜〜〜っ、物欲しそうなんかじゃありません！」

「なんだ、欲しくないのか？」

「欲しくないわけじゃ……。って、何言わせるんですか！　王さまのばか！　意地悪！」

大人げないアクセルの行動に、同じく大人げない悪態をつき、ぽかぽかと彼の胸板を殴る。

もちろん、鍛えられた身体はその程度ではびくともしなかったが。

「君が可愛いことをするのが悪いんだろうが」

「か、かわいい……？」

——下半身を観察していたことのどこが？

アクセルはちょっとおかしいのかもしれない。目を丸くするルーナに、彼はますます笑みを深める。

「ああ、すごく可愛い。俺のこれを見て、期待してくれたんだろう？」

「きっ、期待なんて……」

していない、という言葉を言わせまいとするように、アクセルの指が下着越しに秘所に触れる。狭い面積の布には愛液がにじみ出して、くちゅりといやらしい音を上げた。

「ほら、期待してくれている」

ルーナが目を白黒とさせている間にも彼は下着の紐を解き、するりと身体から剝がす。

そしてあらわになった秘所を隠すより早く、ルーナの両足を大きく広げさせ、強引に己の身体を割り込ませた。

これでは足を閉じられない。

「いやぁぁああぁっ！　どすけべ！　えっち！　変態！」

「君も先ほど、俺のを観察していただろう。それに、男は総じてすけべなものだ」

「ち、違うもん……。雑貨屋さんのお兄さんは、いつも爽やかで……」

「他の男の話をするな。妬《や》けるだろうが」

アクセルの眉間に軽く皺が寄る。不愉快そうな表情に気圧されていると、彼は俄に、覆うものをなくした秘所に顔を埋めた。

なんてことをするのだ。そこは顔を近づけていいような場所ではない。

抗議しようとしたが、しかし、開いた口から飛び出したのは悲鳴じみた嬌声《きょうせい》だった。

「んぁぁぁ……っ！」

温かくぬめった舌が秘裂を下から上になぞり、秘所のすぐ上にある突起を捉えて小さく転がす。するとその場所がかっと熱を持ち、掻痒《そうよう》感に疼き始めた。

男女の営みで、このように口を使う方法があるのは女将から聞いて知っていた。けれど、耳で聞くのと自ら体験するのとでは大違いだ。

「……気持ちいいか？」

「わ、わからな……っ。いや、見ちゃ……っ」

純潔を失ったばかりの娘が気持ちいいと感じるには、あまりに鮮烈な刺激だった。

舐められている場所が熱い。胸を愛撫された時とは比にならないほどの甘い刺激が腰からせり上がり、下腹部をじんじんと熱くさせる。

何か得体の知れない感覚が腹の奥でふくらんでいき、爆《は》ぜる予感に全身が打ち震える。

「ひ……っ、ぅ、あ……や……ぁ、だめ、こ、こんな……っ」

舌で形を記憶するように丁寧に舐められ、蜜を啜《すす》られ、頭がまともに回らない。

子種だけ貰えればそれで十分だったはずだ。突っ込まれて、出されて、それで終わりのつもりでいた。アクセルもそれは知っているはずなのに、どうしてこんなことになっているのか、ルーナにはわからない。

特に美味しくもないはずのそれを、アクセルは夢中で舐めている。ぺちゃぺちゃと、犬が水を飲むような淫らな音を聞きたくなくて、ルーナは懸命にアクセルの頭を引き剝がそうとした。

けれど手に上手く力が入らず、無意味に彼の髪を掻き乱すだけに終わってしまう。

「溢れてきた」

主語がなくともそれが何を指しているのかは明確で、恥ずかしさのあまり顔から火が出そうだった。

「や……っ、そこ……は、いや……もう……っ」

丁寧に舐られ、腰が自然と跳ねる。太股が勝手にぶるぶる震える。

全身が火照り、腹の奥で何かが爆ぜる予感がした。そしてその予感は、すぐに現実のものとなる。

音を立てて肉芽を軽く吸われた瞬間、快楽が身の内に留めておける許容量を超えた。

下半身に集まった血液が、一気に全身へ弾けるような、そんな激しい熱を感じる。

「つ、んあぁぁぁ……ッ」

口元を押さえていたのに、零れる声を止められない。

高い喘ぎ声と共に絶頂を迎え、目尻から涙が一筋零れ落ちていく。

アクセルが屈《かが》めていた身を起こしたのは、その涙が敷布に染みを作るのとほぼ同時だった。

ぐったりと力を失った両足を腕に引っかけるようにして抱え上げると、彼はルーナの秘所に猛った雄をぴったり宛てがう。

切っ先が蜜口を滑り、ぐちゅんといやらしい音が立った。

「もう我慢できない。……痛かったら言ってくれ」

独り言のようにそう言って、彼はゆっくりルーナの中へ侵入してくる。

「あ、あぁ……」

ぬぷりと露骨な水音が響くなり快楽を思い出し、喉から勝手にあえかな声が零れた。

まだ先端を入れられただけなのに、既に膣洞《ちつどう》は彼の味を求め、舌なめずりするように蠕動《ぜんどう》している。

「まだ……、きついな……」

つい先日まで処女であったルーナを気遣いながらも、アクセルは明確な力強さを持って最奥を目指していった。屹立《きつりつ》したものが隘路《あいろ》を進み、みちみちと肉壁を押し広げていく。

じん、と太股の内側が疼くのは、男の侵入に呪いの刻印が反応しているからだろうか。

そんなことを考えている間に、とうとうアクセルの切っ先が突き当たりまで到達する。

「痛いか？」

彼は身を屈めると、ルーナの頬を幾度も撫でた。そうされると自然と心が安堵に満たされ、ルーナは微笑みながら首を横に振る。

「ううん……大丈夫だから……」

まだ微かな痛みはあったけれど、先日散々アクセルと交わった場所は、もうすっかり彼の形を覚えて受け入れるようになっていた。

「……そうか、よかった」

アクセルは安堵したように溜息を零すと、緩やかな律動を開始する。まるでゆりかごを揺するような、優しい動きだ。

「あ……あ……っ」

ぐちゅ、ぐちゅ……と、腰遣いに合わせて粘着質な水音が上がり、耳を犯す。

これはまずい、と思った。

動きが緩やかな分、中に入っている逞しい熱杭の大きさや動きを殊更に意識してしまうのだ。途中まで引き抜かれるたび、自身の粘膜が媚びるように彼を後追いする感覚が恥ずかしい。

気を抜けば唇からはしたない喘ぎが零れ、アクセルの腰へみだりがわしく己の腰をすり寄せてしまいそうになる。繋がり合っていることを自覚し、顔も身体も、羞恥で燃えるように熱かった。

「やぁ、や……ゆっくりしないでぇ……っ」

こんな風に自身の淫らな反応をまざまざと自覚させられるくらいなら、多少痛みを感じてでも乱暴にしてもらったほうがまだマシだ。

ルーナにしてみれば必死の訴えだったのだが、アクセルはなぜか呑気に、とろけるような笑みを浮かべていた。

「ルーナは本当に、可愛いな……」

今日の彼は、他の語彙を失ったかのようにずっとそればかりを繰り返している。

もしかして少しくらい、本当に少しくらい、そう思ってくれているのだろうかと信じたくなるほどに。

(アクセルといると、初めての感情ばかり)

彼が笑うたびに、「可愛い」と言ってくれるたびに、今まで感じたことのない不思議な感情が胸をふわふわさせる。嬉しい時や楽しい時に似た、けれどそのどちらとも違ったこの気持ちはなんだろう。

甘酸っぱくてくすぐったいような感覚に戸惑うけれど、嫌な感じはしない、この気持ちの名前は。

──そんな考え事は、アクセルの笑い交じりの言葉によって中断させられた。

「ゆっくりするなということは、激しくしてほしいとねだっているのと同じだぞ」

「そ……えっ？　あれ？」

違う気もするが、そうと言えばそうなのだろうか。

冷静に考えればそういう話をしたいわけでないことはすぐにわかったのだが、今のルーナは完全に頭が茹《ゆ》だっていて、判断力も大幅に鈍っていた。

（ゆっくりが嫌ってことは、速く動いてほしいってことで……。つまり、激しく動いてほしいってこと……なの？）

やけに生真面目に考えてしまい、だんだんと、アクセルの言う通りのような気がしてくる。

「まだお互いに慣れてないから、ゆっくり──な？　君のいいところを知りたいんだ」

悪戯っぽく微笑まれ、深く考えもせず何度も頷く。

やはり彼は魔法使いだ。柔らかな声音で導くように語りかけられると、甘い菓子を前にした子供のように、たちまち素直になってしまうのだから。

宣言通り、アクセルはゆっくりとした律動を続けながら、ルーナのよくなれる場所を探った。

ここは？　こっちは？　と問いかけながら、喘ぎ声が高くなったのを見逃すことなく、その一点を重点的に擦り始める。

「ルーナはここがいいんだな？」

「……っ、いい……気持ち、い……」

アクセルにしがみつきながら、ルーナは必死に頷いた。

じわじわと、むず痒いような快感が腹の奥いっぱいに広がっていき、どうしようもなく淫らな気持ちになる。

（早く……早く……っ）

中に熱い液体を出して、どろどろに満たしてほしい。

呪いのせいなのか、それとも人間が持つ原始的な欲求がそうさせるのか、とても声に出しては言えない望みが胸を焦がす。

「すごいな……ぎゅうぎゅうに締めつけて、俺を奥へと誘い込もうとする」

「んぁ、ぁ、あぁ……っ」

感心したようなアクセルの言葉に、また中がきつく締まるのがわかった。

彼の動きは決して強引でも乱暴でもない。けれど、媚肉の襞まで味わい尽くすようなねっとりした腰遣いに、たちまち高みへと押し上げられてしまう。

絶頂の気配を感じ取ったアクセルが小刻みに奥を叩き始め、ルーナはこれまで以上にあられもない声を上げる。部屋の外に聞こえてしまうかもしれないだとか、はしたないだとか、考える余裕すらもうなかった。

緩やかだった律動は徐々に大きく、激しくなり、肌と肌のぶつかる破裂音が部屋中に響き始める。

「あ、や……っ、だめ、だめ……ゆっくり、って……」

「ゆっくりは、嫌なんだろう……?」

「それ、は……。あぁっ」

呼吸を乱しながら、吐息を交換するほどの距離で声を交わす。やがて唇が重なり、舌同士が絡まり、上も下もこれ以上ないほど深く繋がる。

下がってきた子宮の入り口をぐいと突かれ、肉壁が細かく蠕動するのがわかった。

いつの間にかルーナはアクセルの腰に己の足を絡め、結合をより深めようとしがみついていた。

「ひぁ……っ、ん、んぁッ、はぁ……」

「ん、は……ルーナ……。すごく、いい……」

獣のような浅い呼吸を繰り返しながら、繋がったまま見つめ合い、何度も口づけを交わす。

そうして果てたのは、ふたりほぼ同時だった。

「っ、あ、あぁ……っ、あ――……ッ」

「くっ……」

喉の奥で悲鳴じみた声を上げるルーナを抱きしめたまま、アクセルは全身の筋肉を硬く強

れる。

　腰が幾度か前後に往復し、男の味を覚え込ませるようにぐじゅぐじゅと欲望を擦りつけら
張らせ、最奥に欲望を吐き出した。

「あ……あぁ……」

　達したばかりの場所が、火傷《やけど》でもしたかのように熱かった。全身が火照って、流れる汗の
感覚すら敏感に感じてしまう。

　秘所から彼が雄を抜き去っても、ルーナはしばらく身動きが取れなかった。足を大きく開
いたまま荒い呼吸を繰り返し、身をくねらせてなんとか快楽の余韻を逃そうとする。

　ちらと視線を下げると、花弁が一枚うっすらと消えていくのが見えた。

(呪い、解けていってる……)

　安堵の溜息をつこうとしたルーナだったが、軽く息を吸った直後、アクセルによって唇を
塞がれてしまう。

「んん……っ」

　腹に、何か硬いものが当たっている。——いや、擦りつけられている。

「っ、なんで……。今、出したばっかり……」

　唇を解放されるなり、ルーナは抗議と疑問の声を上げた。

「君が最高すぎて、一度では収まらない。頼む……すまないが、もう一度だけ」

頬をほんのりと赤く染め、照れたような顔をしながら謝ってはいるものの、絶対に「すまない」なんて思っていない。なぜなら腰の動きが、微塵も止まっていないからだ。

「お願いだ、ルーナ。君と繋がりたい」

それでも懇願するように訴えられれば、ルーナの理性はたちまち溶けてなくなってしまう。

「もう一回だけなら……」

ついついそう答えると、アクセルはあからさまに顔を輝かせた。そしてルーナの足首を摑むと己の肩に引っかけ、足を限界まで開きながら再びのしかかってくる。

「あ、あ……っ」

先ほどまで彼を受け入れていたその場所は、再度の挿入をなんの抵抗もなく、奥まですんなりと受け入れた。

中を満たしていた白濁が隙間からこぽりと溢れる。それが臀部《でんぶ》を伝って敷布へ流れ落ちるより早く、アクセルは律動を始めた。

(二度目、なのに……)

それとも、二度目だからなのか。

達したばかりの肉壁はただでさえ敏感だというのに、彼の動きは激しく、そして容赦がなかった。

奥を穿《うが》ち、抉り、肉襞を擦りたて、一番いい場所を何度となく突く。そのたびにルーナの中から愛液と白濁の混じった液体が掻き出され、飛沫《しぶき》となって四方へ飛び散る。腰を押しつけられるたび、彼の引き締まった肌に陰核が擦られ、また新たな快楽を生み出す。

「あ、あ、や、……っぁん」

「は、いい、ルーナ。いい……っ」

潤んだ視界の向こうで、アクセルが快楽に顔を歪めているのが見えた。

自分の身体で感じてくれていることがたまらなく嬉しくて、それだけで締めつけが強くなってしまう。

「あ、ルーナ……。だめだ、急に……」

「アクセルも、もっと気持ちよくなって……」

「っ、君は――。そんな言葉、俺以外には絶対に言わないでくれ」

「言わない、あなたにしか……ひぁぁ――ッ！」

彼が何を言っているのか。また自分が何を口走っているのかもわからないままがつがつと上から叩きつけられ、ルーナは糸を引くような嬌声を上げた。

苦しいのに気持ちよくて堪らない。苦しいのに、もっとこの苦痛を味わっていたいと思ってしまう。

「アクセル……もっと、もっとして、あぁん……っ」

「君が望むなら、いくらでも――」

ぎしぎしと、ベッドが激しく軋んでいる。まるで獣がつがい合うような、原始的で激しい行為だ。

今宵の分の呪いの花弁は、もう消えた。だから、ふたりが身体を繋げる意味はもうないはずなのに。

頭の片隅で冷静な自分がそう囁くが、そんな考えはすぐに掻き消えた。

ルーナは恥も外聞も捨て去って、ただアクセルから与えられる快感にむせび泣く雌となる。

「あっあっ、あ――ッ」

「すごいな……。全部搾り取られそうだ……っ」

そしてアクセルもまた、声を掠れさせ息を荒らげながら、ルーナを貪る雄となっていた。

身体を折りたたまれるような体勢のまま唇を重ね、息が苦しくなっては息継ぎをし、また唇を重ねる。

甘くて、熱い口づけを何度も交わした。

やがて目の前が真っ白に霞み始める。

来る、と思った時にはもう、ルーナの身体は高い波に攫われていた。

「あぁ――……っ」

一度目と遜色ないほど濃く、熱い体液の奔流を身体の奥に感じる。

身体も、心までも満たされていく。

あられもない声を上げながら、ルーナは激しい法悦に全身を震わせた。

そうしてびくびくと痙攣する身体を、アクセルが宥めるように抱きしめた。逞しい掌で背を撫でられる感触に、高みに押し上げられたルーナの意識が徐々に、現実に戻ってくる。

「……辛くなかったか？」

寝台の上に寝転がって向かい合う形で抱擁を交わしながら、彼はそう問いかけた。

「ん……大丈夫です……」

ルーナも、猫が甘えるように彼に身体をすり寄せながら答える。

しっとり汗ばんだ肌同士が吸いつく感覚も、ぴたりと触れ合った肌から伝わる彼の鼓動も、汗と石鹸の混じった匂いも、何もかもが心地いい。

「無理をさせてすまなかった。今日はもう、このまま眠るといい」

「でも、着替え……」

「気にしなくていい。君はただ、俺の腕の中で休んでいればいいんだ」

まどろむような優しい時間の中で、とろとろとした眠気が全身を包み始める。

瞼が落ち始め、開いている時間より閉じている時間のほうが長くなり――やがてルーナはアクセルの腕の中で、穏やかな眠りにつくのだった。

七章　思いが通じ合いました

「そういえばあとふた月で、陛下のお誕生日ね」

「今年はどのくらいのお客さまが集まるのかしら。あまり忙しくならないといいけど」

メイドたちのそんな会話を聞いたのは、一度目の満月を迎えて数日後のことだった。

聞けばアクセルの誕生日には国の内外から大勢が集まり、王の誕生日を祝うに相応しい、それは賑やかな舞踏会が開かれるらしい。

(そんなの、初耳だわ)

最近、城内の人々がどこか目まぐるしく動いている気がしていたとはいえ、まさかそれが舞踏会の準備のためだとは思いもしていなかった。

どうしてアクセルは、そんな大事なことを教えてくれなかったのだろう。一年に一度の大切な日。大したことはできないかもしれないけれど、自分だって祝福の気持ちを伝えたいのに。

(でも、日中いつも忙しくしているから、単に忘れてただけかもしれないわね)

その日の晩、ルーナは早速アクセルにその件を尋ねてみた。

「王さま、二ヶ月後がお誕生日なんですね。もうすぐじゃないですか」

「なぜ、それを君が……」

あっさり頷くかと思いきや、彼は少し困惑している様子だった。深く考えずに聞いてみたけれど、知られたくないことだったのだろうか。

急に不安になり、ルーナは遠慮がちに告げた。

「あの、メイドたちが話しているのを聞いたんです」

「……そうか」

思いがけず重々しい返事に、ますます不安を煽られる。

「あ、別に夜会に参加したいとか、そんなつもりはないんですけど」

もし、彼にそういった誤解を与えてしまったのだとすれば申し訳ない。

慌ててつけ加えたが、アクセルの表情は浮かないままだった。

「誕生日は、嫌いなんだ」

ぽつりと、寂しそうに零す。

「……何か、あったんですか？」

気軽に立ち入ってはいけない空気を感じ、それでも躊躇いがちに問いかける。するとアクセルはルーナの手を引き、長椅子へ導いた。

戸惑いながら腰かけると、彼も隣に腰を下ろす。そして、重々しく口を開いた。

「──俺の誕生日は、母が亡くなった日だから」

はっと息を呑んだルーナに、寂しそうな笑みを向けながらアクセルは続ける。

「母はいつも、俺が誕生日を迎えた日の朝になると、優しく抱きしめてくれた。〝あなたに出会えてよかった〟と言って。父もそれを、優しい目で見つめてくれたものだ」

けれど誰より愛する伴侶が亡くなった日、先王にとって、それは何より呪わしい日へ変わってしまったと言う。

「父は母が亡くなって以降、一度も俺の誕生日を祝ってくれなくなった。贈り物どころか、祝いの言葉すらも……」

そう呟く姿がひとりぼっちの小さな子供のように見えて、ルーナは思わず手を伸ばしてアクセルの手を握りしめる。

誕生日は、その人が誰より祝福されるべき日だ。それなのにアクセルは母の死と、父親の態度によって、ずっと不必要な負い目を抱いてきた。

誕生日を迎えるたび、どれほど悲しい思いをしてきたのだろう。

「……彼女と出会ったのは、そんな寂しい日々を送っていた頃だ」

抽象的な言葉だったが、それが彼に呪いをかけた魔女を指していることはすぐにわかった。

「孤独感に苛《さいな》まれた俺は、母から聞いていた、子供だましのまじないに縋ろうとしたんだ」

「おまじない？」

問いかけると、自嘲するような笑みが返った。

「庭園に噴水があっただろう。あれは大昔の宮廷魔女が作ったもので、〝願いが叶う噴水〟と呼ばれている。白い石に願をかけて投げ込めば、望んだことが現実になるのだと。俺は半信半疑で、そのまじないを試した」

――ずっと側にいて、自分を大切にしてくれる人と出会えますように。

母を亡くし、父にも顧みられない日々を送っていた少年は、そう願ったそうだ。

そうして石を投げ込んだ、その時だった。噴水から若い女性が現れたのは。

彼女はアクセルの額にキスをし、呪いの言葉をかけた。

――それがなんという言葉だったのか、はっきりとは覚えていないそうだけれど、とにかくその直後、魔女は忽然《こつぜん》と姿を消した。まるで初めから、そこにいなかったかのように。

「その魔女が、君と似ていたんだ。そのせいで君が彼女の血縁かと思い、酷い態度を取ってしまったこと、後悔している。本当にすまなかった」

「も、もう怒ってませんから、顔を上げてください」

改めて深々と頭を下げられ、慌ててしまう。

その件に関してルーナはとっくに赦しているのに、彼の後悔はまだ収まっていないのだろうか。

アクセルは安堵したように微笑むと、静かに告げた。

「自分が子をなせないかもしれないと知って、俺はあの魔女のことを心底憎んだ。俺の夢は、大勢の家族に囲まれて賑やかに過ごすことだったから」

「アクセル……」

寂しい少年時代を送った彼にとって、その夢は唯一の希望だったのだろう。だからこそ、未来を奪われたと知った時、彼はどれほど絶望したことか。

きっと目の前が、真っ暗な闇に閉ざされたような気がしただろう。

どう言えば彼の心を慰められるか、ルーナには見当もつかない。けれど少しでも自分の気持ちを伝えたくて、今思っていることを正直に口にする。

「……わたしはアクセルがこの世に生まれてきた日を、目一杯お祝いしたいです。あなたが生まれてこなければ、こうして出会うこともなかったんですから」

励ましとも言えないたどたどしい言葉に、アクセルがはっと息を呑み、まじまじとルーナを見つめる。だからルーナは精一杯の思いを込めて、彼の目を見つめ返した。

少しでも、自分の気持ちが伝わりますようにと願いながら。

「わたしは、アクセルと出会えたことに感謝します」

一瞬、アクセルの瞳が潤んだ。かと思えば次の瞬間には、ルーナは彼の腕の中に抱きすくめられていた。

「――ありがとう、ルーナ。俺も、君に出会えてよかった」

力強い抱擁とは裏腹に、その声は小さく霞んでいたけれど、ルーナは気づかないふりをしてアクセルを抱きしめ返す。彼の母が抱きしめられなかった、十二年分の歳月を思いながら。

◆◆◆

そんなことがあってからというもの、ふたりの距離はこれまで以上に近づいた。

アクセルは相変わらず執務の合間を縫ってはルーナと過ごす時間を設け、共にお茶を飲んだり、散歩に出かけたりもしてくれる。そうして会話をしている間の雰囲気が、以前より更に打ち解けたもののように感じられるのは、きっと気のせいではないだろう。

彼との会話はいつも楽しくて、時間が過ぎるのはあっという間だった。

——その日、朝の着替えをしていたルーナは、ふと、己の太股に目を留めた。

(太股の花弁、ちゃんと減っていってる……)

つい先日、二度目の満月を迎えたばかりで、肌にはいくつもの接吻痕がついている。

アクセルは最初と変わらず優しくしてくれたし、ルーナが気持ちよくなれるよう心を尽くしてくれた。

まるで恋人扱いするかのように。

大切にされている、と思う。

けれどそれがアクセルなりの罪滅ぼしだということは、きちんとわきまえている。それが証拠に、彼は満月の日以外にルーナの寝所を訪れるようなことは、決してしないのだから。

(優しく抱いてもらえるだけで十分だって、ちゃんと、わかってる……)

——それなのに、義務感で抱いてくれているだけなのだと自分に言い聞かせるたび、胸の奥がつんと痛くなるのはなぜだろう。

こんな気持ちになるのは初めてのことで、自分でもどうすればいいのかわからない。

悶々とした気持ちを持て余しながら着替えを終えたその時、扉を叩く音が聞こえてきた。

「お嬢さま、少々よろしいでしょうか。お嬢さま宛にお手紙が届いております」

レザン夫人の声だ。

扉を開けると、彼女は数枚の封筒を手に、恭しく頭を下げる。

「こちら、改修中の庵を監督している騎士から届けられたものでございます。お確かめくださいませ」

手紙の差出人は、赤いさくらんぼ亭の女将や、懇意にしている雑貨店の青年、他にも薬局の店主などさまざまだった。

彼らは、突然ルーナがいなくなったことに驚き、現場の騎士から事情を聞き出したらしい。

——と言っても、それは『新薬を作る手伝いをするため、しばらく王宮で過ごす』という表向きの理由だが。

封を開けると、いずれも王宮で過ごすルーナを気遣う言葉と共に、店で取り扱っている薬が少なくなってきたから、よければ新しいものが欲しいといった内容が記されていた。

どうやらルーナがいない二ヶ月の間に、備蓄が心許なくなってしまったらしい。

(急いで届けないと……。薬の材料はとりあえず一旦王宮の薬草庫から借りるとして、アクセルにも相談しないとね)

特に外出を禁じられているわけではないが、客分として世話になっている以上、確認しておくのが礼儀だろう。

午後になり、ルーナは早速、アクセルに外出の相談をしてみることにした。

「――というわけで、お得意先で、わたしの作った薬が足りなくなって困ってるそうなんです。届けに行ってもいいですか?」

「それは構わないが……。よかったら、こちらで配達する人間を用意しようか?」

「ありがとうございます。でも、久しぶりに知人たちとお話しもしたいし、自分で行ってきます」

厚意はありがたいが、王宮の人々にも、それぞれに仕事があるのだ。他の用事で手を煩わせたくはない。

それなのにアクセルはなぜか難しい顔をして、しばらく考え込む様子を見せる。

「その知人というのは……。女性か？」

「え？　いえ、男性もいますけど……」

ルーナの得意先は、何も赤いさくらんぼ亭だけではない。

薬局や雑貨店などさまざまな場所に薬を提供しており、その中にはもちろん、男性の店主や店員も含まれる。

「そうか……。ならば、俺もついていこう」

「王さまが？　でも、お仕事は――」

何が「ならば」なのかはよくわからなかったが、意外な申し出に、ルーナは大きく目をしばたたかせた。ただでさえ日々を忙しく過ごしているのに、休日でもない日に外出などして大丈夫なのだろうか。

「市井の様子を知るのも王として重要な仕事だからな。大丈夫だ、今日の分の執務はあらかた終えている。たまには国民たちの暮らしぶりをこの目で確かめたいんだ」

（アクセルがそう言うのなら、いいのかな……）

あまりにもきっぱりとした勢いのある答えに、ルーナはやや気圧されながら納得した。

「わかりました。じゃあ、薬作りが終わったら声をかけますから、持ってる中で一番地味な服に着替えて待っててください」

エルドベアは庶民の住む町だ。アクセルが普段身につけているような服では、確実に悪目立ちしてしまう。

「ああ、わかった」

アクセルは素直に頷き、去っていく。

その後ろ姿を見送ってから、ルーナは作業用のワンピースに着替え、研究室へ向かうのだった。

◆◆◆

薬作りを終えたルーナは、アクセルと共に馬車でエルドベアへ向かった。

馬車と言ってももちろん、王が普段使用する豪奢なそれではない。荷運びで使用人が使うような、質素な幌馬車《ほろばしゃ》だ。

御者には町外れで待っていてもらうよう伝え、配達先へ向かう。

得意先の人々は皆、特に変わりなく過ごしているようだった。

ルーナが仮面なしで現れたことに驚きつつも、久しぶりに会えたことを喜んでくれた。

皆、せっかく来てくれたのだからとお菓子やお茶やらを振る舞ってくれたせいで、最後の一軒を回り終えた頃には、腹いっぱいになっていたほどだ。

(アクセルが、男性のお得意さまをずっと睨みつけていたのは気になるけど)

特に雑貨店に行った際などは、店主の青年を親の敵のように睨んでいた。

そして店を出た後も『あれが〝爽やかな雑貨屋のお兄さん〟か……。どうせあの男もすけべに違いないのに、君と来たら……』と、わけのわからないことを呟いていた。

とはいえそれ以外には特に何事もなく、二時間ほどで配達を終えた後、ルーナはアクセルに町を案内することにした。

以前は常に仮面をつけて外を出歩いていたから、仮面越しでない風景がなんだか新鮮だ。

仮面を留める紐が緩んでいるか心配することも、出会い頭に誰かと唇がぶつかることを恐れる必要もない。

「賑やかないい町だな」

雑多な町の風景に、アクセルは興味津々だ。

きょろきょろと周囲を見渡しては、あれは何か、あの店はなんなのかと聞いてくる。

そのたびにあれはキャンディ屋さんだとか、薬局だとか答えながら、ルーナは微笑ましい思いでいっぱいだった。

(可愛い)

無邪気な姿に、思わずくすりと笑ってしまう。

城を出るなど滅多にない経験なのだろう。紫の瞳がいきいきと輝いていて、初めて見る玩具に胸弾ませる子供のようだ。

「そういえばアクセル、何かお誕生日に欲しいものはありませんか？　舞踏会でお客さまたちから貰うとは思うんですけど、わたしも何か、贈り物をしたくて」

幸いにして、この町には贈り物を買えそうな店がたくさんある。

舞踏会の招待客たちのように、高価なものというわけにはいかないが、町で手に入るような品物は逆にアクセルにとって新鮮なのではないだろうか。

「君がくれるものならなんでも嬉しいが、そうだな……」

しばらく考え込んでから、彼はこう告げる。

「だったら、舞踏会に参加してくれないか？　君が側にいてくれたら、きっと退屈な舞踏会も楽しくなる」

「え!?　でもわたし、大したマナーなんて知りませんよ。それに――」

王宮の舞踏会なんてきっと場違いだ、と言おうとしたその時。

「ねえ、あの人すごく格好よくない？」

ふと聞こえてきた声に視線を移せば、複数の女性たちが頰を染めながらアクセルに熱視線を送っている。

「思った！　前に舞台で見た貴公子役の人みたい！」

「案外、本当にお忍びの貴族さまだったりして！」

「まさかー！」

女性たちは冗談めかして笑い合っているが、あたらずといえども遠からずといった予想に、ルーナはドキドキしっぱなしだ。

今のアクセルはルーナの指示通り、濃い灰色の上下と地味な格好をしているが、それでも彼の持つ気品や風格は隠せていないのかもしれない。

（わたし、隣を歩いてて不自然じゃないかしら）

灰色のワンピースを見下ろして、そう思う。

容姿は生まれ持ったものだから仕方ないにしても、もう少し華やかな格好をしてくればよかったかもしれない。

これではアクセルに恥を掻かせてしまうかもと、心配になる。

そうして下を向いて歩いていたせいで、前から歩いてくる若者の集団に気づかず、ぶつかりかけてしまった。

「ルーナ、こっちへ」

否、気づいたアクセルが腕を引いてくれなければ、そのまま正面衝突していたことだろう。

「あ、ありがとうございます。あの、手……」

いつまでも彼が手を離さないものだから不思議に思って聞けば、彼は繋いだ手にますます力を込めて、微笑んでくる。

「君は危なっかしいから、こうして繋いでおかないと」

「こ、子供じゃないんですから！」

「俺は、女性扱いしているつもりだが。嫌か？」

「嫌じゃ……ありませんけど……」

嫌ではないに決まっている。けれど町中で手を繋ぐなんて、まるで好き合っている恋人同士のすることではないか。

(わたしとアクセルは、あくまで義務的な関係なんだから)

そう考えるとだんだん苦しくなってきて、ルーナはやんわりと手を解いた。

「アクセルが、恥ずかしいかもしれないと思って」

「俺が？　どうして？」

「その……アクセルは、格好いいから」

「――う、うん？」

「こんな白髪のわたしが側にいたら、嫌なんじゃないかって」

――老婆のような白髪に、ぼやけた青い瞳。

以前アクセルは、確かにルーナのことをそう称した。

根に持っているわけではないが、自分で想像していた以上に傷ついていたようだ。自分で言いながら、じわりと目の縁に涙が浮かぶ。

「ぶ、舞踏会だって、薄汚い魔女には場違いですから……。だから、誕生日プレゼントは何か、別のものを……」

するとアクセルは大きく目を開き、苦しげな表情でそれを否定した。

「違う！　あれは……もしかしたらあの魔女が君の血縁だったのかもしれないと思って、あんな心にもないことを言ったんだ。君の髪が醜いものか。本当にすまない。もしできるなら、過去の自分を殴ってやりたい……！」

大きな掌がルーナの背を撫で、抱き寄せる。

そしてもう一方の手が頭を撫で、髪一筋一筋を慈しむようにさらさらと梳いた。

髪に神経なんて通っていないはずなのに、どうしてアクセルに触れられると気持ちいいと感じるのだろう。

「どうした、痴話喧嘩か？」

などという声が通行人から上がったが、そんなことさえ気にならない。ルーナは目を閉じ、アクセルに触れられる心地よさを享受した。

目の端から涙が一筋零れ出したが、もう悲しくはなかった。アクセルが心の底から、己の言葉を悔いていることが伝わってくるからだ。

やがて気分が落ち着いた頃、アクセルがルーナの身体を離し、真摯な声で告げた。

「君は……とても、綺麗だ」

「うん……。アクセルがそう言ってくれると、本当にそんな気がしてきます」

「本当に、綺麗だ。……一目惚れだったんだ」

気まずい空気を取り繕うための言い訳かと思ったのに、彼の言葉は存外にまっすぐで、どう反応していいかわからなくなってきた。無言のルーナに、アクセルは真面目な表情を崩さないまま、続ける。

「君は、男が女性を舞踏会に招待する意味を知らないようだな？」

「え……、い、意味って……何かあるんですか？」

「以前、俺の夢は大勢の家族に囲まれて過ごすことだと、君に言ったことがあるだろう」

「は、はい」

確かに聞いたが、一体どうして今の流れでいきなりその話が出るのかわからず、困惑する。

するとアクセルがルーナの手を取り、目を見つめながらその場に跪いた。

「もし、その夢が叶うのだったら……。俺は、君に側にいてほしい。呪いなんて関係なく、これからもずっと。俺の妻になってほしい」

それまで密かに成り行きを見守っていた通行人たちの間で、歓声が上がった。

「姉ちゃん、プロポーズされてよかったな！」

「おめでとう！　幸せになりなよ！」

思いもよらぬ展開に、ルーナは呆然としてまたたきを繰り返す。

一瞬、処女を奪った責任を感じてのことか、とも思った。けれど、義務感による求婚かそうでないかくらい、さすがのルーナでもわかる。

アクセルの真摯な眼差しは、ルーナへの愛情に溢れていたから。

「あの、でもわたし、貴族じゃないですし……」

「別に、王は貴族令嬢とでなければ結婚してはいけないという法律はない」

「もっと他に、王妃として相応しい資質のある人が……」

「俺が愛している。これ以上に、王妃として相応しい相手がいるか？」

いくつか言い訳を重ねてみたものの、アクセルはその全てを意にも介さず切って捨てた。

(どうしよう、嬉しい)

胸の内が喜びでいっぱいになり、今にも弾けてしまいそうだ。

あまりの嬉しさに、止まっていたはずの涙が再び込み上げ、零れ落ちる。

本来なら、一生出会うはずのない相手だった。

それが突然ソジャ男爵に攫われ、無理矢理王宮まで連れて行かれて、そこでアクセルと出会って――。最悪の初対面を経て、共に過ごしているうちに、いつからか彼と別れる日のことを寂しく思うようになっていった。

そして今、ルーナは、はっきりと自分の思いを自覚している。これからもずっとアクセルの側にいたい。彼と家族になり、一緒に歩んでいきたい……と。

そう思う気持ちこそが、きっと愛なのだろう。

気づけばルーナは涙を流しながら、何度も何度も頷いていた。

「わたしも、アクセルの側にいたいです……」

◆◆◆

その日、ルーナは町から戻るなり、急《せ》いたアクセルによって部屋へ引きずり込まれ、寝台へ押し倒された。

「あ……っ、アクセル……」

牙を剝き出しにした獣のように、荒い呼吸を繰り返しながらのしかかってくるアクセルに手を伸ばせば、その手を枕の上に強く縫いとめられる。

熱っぽく潤んだ紫の目がルーナを見下ろし、熱情を堪えきれないような掠れた声が零れる。

「すまない、ルーナ……。抑えが、利かなくて……っ。今すぐ君を抱かないと、おかしくなってしまいそうなんだ……本当に、すまない……っ」

アクセルが懺悔と欲望の入り混じった顔で謝罪する。

さながら、餌を前に従順に『待て』をする猛犬のように。あるいは、姫君に赦しを請う、哀れな騎士のように。

ルーナは微笑み、両手を広げて彼の頭を抱きしめた。

まだ外は日が照って明るいし、町を歩き回って汗も掻いている。普段のルーナなら、夜まで待ってほしいだとか、湯浴みをさせてほしいと訴えていたことだろう。

けれど今は何もかもがどうでもよくなるほど、アクセルと触れ合って、互いの温度を確かめたい。早くひとつになりたいと、心が訴えていた。

「大丈夫。わたしも……。アクセルに、抱いてほしいから。たくさん触って、気持ちよくして……」

それが自分に恋い焦がれる男にとってどれほどの誘い文句になるのか知らないまま、ルーナは甘い声で囁く。

刹那、鋭く息を呑む音が聞こえたかと思えば、奪うように唇を塞がれた。

神の御前で花嫁と花婿が行うような、神聖で美しい口づけではない。舌を絡め合い、唾液を啜り、競うように唇を押しつけ合う、理性をかなぐり捨てた荒々しい口づけだ。

それでも今のふたりにとって、これは間違いなく誓いの口づけに他ならなかった。

「はぁ、ルーナ……ルーナ……っ」

「あっ……」

口づけで箍《たが》が外れたのか、アクセルはルーナのワンピースに手をかけると、容赦なくビリビリと音を立てて破く。

震えながら零れ出た乳房を鷲掴みにした彼は、そのまま赤子のように無遠慮に、乳首へしゃぶりついた。

ちゅうちゅうと吸い上げ、舌でねっとりと舐り、軽く歯を立てて甘噛みする。そして時に頬ずりするようにして、その柔らかさを堪能する。

左右交互に同じように愛撫され、ルーナは己の身体の奥からとろりと蜜が溢れ出すのに気づいた。

「あ、はぁ……っ、アクセル……。だめ、気持ちい……もっと……」

胸に触れられるのはとても気持ちいいけれど、それだけではもう足りなくなるほどに、ルーナの身体には彼から教え込まれた快楽が染みついている。

もっともっと、隙間なく全身で愛し合いたい。

「早く、アクセルがほしい……！　お願い、中、ほしいの……っ」

気づけばルーナは彼の腰に縋りつくように足を絡め、みだりがわしい願いを口にしながら己の腰を揺らしていた。

そんな愛らしくも妖艶な誘いに、アクセルは慌てた様子で腰を引いた。

「ルーナ、だめだ……。あまり可愛いことを言われると我慢できなくなる……」

衣服越しに見える彼の熱杭はすっかり勃《た》ち上がり、窮屈そうだけれど、まだぎりぎりで理性の欠片が残っているのだろう。瞳の奥が、理性と欲望の狭間で揺らいでいるのがわかる。

きっと彼は、強引にすることでルーナが傷つくかもしれないと心配している。けれど今は多少痛くても、早く彼と繋がりたかった。

「きちんと、指で解してから――ッ、ルーナ⁉」

「やだ、早く……っ」

アクセルの制止を、ルーナは聞き入れなかった。

大胆にも彼の上に跨り、衣服の前立てをくつろげる。そして勢いよく中から飛び出した熱杭に手を添えると、腰を浮かして蜜口に先端を宛てがう。

「あ、だめだ、ルーナ……本当に……んっ、」

拒絶ばかりする口を、ルーナはそっと塞いだ。

角度を変えながら何度も口づけをして、反論を封じ込める。

そしてすっかり猛った熱杭の上にゆっくり腰を下ろし、己の中に受け入れていく。

くちくちと、蜜に満ちた隘路を掻き分ける音が響く。硬くなった雄がルーナの空洞をぎちぎちに満たし、愛液を溢れさせる。

「ん、入っ……た」

「痛く、ないのか?」

「大丈夫……。少し苦しいけど、すごく、幸せです」

呼吸を整えながら、ルーナは心からの微笑みを浮かべる。

しばし愕然としていたアクセルだったが、やがて困ったように笑い、小さな声で零した。

「まったく、君は……。とんでもない小悪魔だな」

「あ……っ!?」

ルーナが主導権を握っていられたのは、そこまでだった。

アクセルがルーナの細腰を掴むと、下から突き上げるようにして中を穿ったからだ。

「あ、あぁ……ッ、んぁ……っ」

立てていた膝ががくがくと震え、そのままぺたんとアクセルの上に座り込む形となってしまう。自重で杭がより深い場所まで食い込み、中がうねるように蠕動した。

それでも彼は動きを止めることなく、鞠つきのようにルーナの身体を断続的に跳ね上げた。

「煽ったのは、君だからな……!」

「ア、アクセル……あぁ……っ」

こうなったらもう、ルーナは与えられる快楽を享受するだけだ。

胸を反らし、自分自身でも身体を弾ませながらより強い愉悦を欲する。

(気持ちい、い……)

すすり泣くような喘ぎ声を零しながら、ルーナは多幸感に涙を落とした。

呪いを解くためでもなんでもない、ただの男女の交わり。義務の伴わない交合というのは、なんと幸福なものなのだろう。

――幸せで、幸せで、堪らなかった。

「ああ、ルーナ……」

ルーナの流す涙の意味を、正しく受け取ってくれたのだろう。アクセルが目を細め、愛おしそうに囁く。

「好きだ、ルーナ……愛している」

「わ、わたしも……、んんっ」

彼の上に跨り、不慣れに腰を揺らしながら、ルーナもまた笑みを浮かべて、

「アクセル、好き、愛してる……」

「っ、ルーナ……！」

感極まったようにルーナの名を呼んだアクセルが、腰を強く摑みながら、ひときわ強く突き上げた。

弱い場所を強く穿たれ、ルーナは仰け反り嬌声を零す。その上、結合部を擂り合わせるように執拗に擦られては堪らない。

「あ――……っ！　や、だめ、いく、いっちゃ、……あぁぅ……」

再び絶頂の予感が込み上げ、下腹部がきゅうっと締まり、またも子種を搾り取ろうと大きく蠕動した。

けれど途切れ途切れの制止を、アクセルは聞き入れてくれなかった。唇を笑みの形につり上げたかと思うと、飢えと愛情の入り混じった視線でルーナを見つめながら、ますます激しく突き上げてくる。

「だめ、だめぇ……！」

「可愛いルーナ……、またここで、俺の子種を飲み干してくれ」

「ひ、ぅ……っ」

皮膚越しにちょうど子宮の辺りを撫でられ、ルーナはか細い悲鳴を上げ、ぶるぶると震えた。

待って、と吐息のような声で懇願する。それなのにアクセルは待つどころか、追い打ちをかけるようにルーナの乳房に手を伸ばし、凝《こご》った乳嘴《にゅうし》を優しく捻り上げた。

それが決定打となり、ルーナは瞬く間に上り詰め、果ててしまう。

少し遅れて中に熱い液体が迸《ほとばし》る感覚があり、とろけきったルーナは力尽きて、アクセルの上に倒れ込んだ。

起き上がらなければ、と頭ではわかっているのに、どうしても身体に力が入らない。

もがくほどの余力すら残されていない中、密着したアクセルの体温があまりにも心地よくて、そのままとろんと瞼が落ちてくる。

「……ルーナ、愛している……。ずっと俺の側にいてくれ……」

夢とうつつの狭間をたゆたう中、アクセルの優しい声が聞こえてくる。

宝物に触れるように背を撫でるアクセルの掌の感触を覚えながら、ルーナは甘やかな幸福に、小さく微笑むのだった。

八章　物語のようなハッピーエンドへ

その日を境に、ルーナとアクセルは満月の日以外も交わるようになった。

夜になると彼は必ずルーナの寝室を訪れ、身体の隅々まで優しく愛してくれる。愛しい人と抱き合う時間は、これまでにない充足感をルーナに与えてくれた。

もちろん、ただ悠長に彼に甘える日々を送っていたわけではない。

日中アクセルが執務で忙しくしている間、ルーナは彼の誕生日を祝う夜会に向け、着々と準備を進めていた。

何せアクセルが、夜会の場でルーナを婚約者として紹介するというのだ。

当初は側近たちの間で、もっと早い段階で周知しておくべきではという意見も出たらしいが、ルーナは魔女とはいえ平民だ。多少の反発は恐らく避けられない。

そのため、誕生日祝いの席をお披露目の場として、反対しにくい空気の中で発表したほうがよいだろうという結論に達したようだ。

不安がないわけではなかったが、アクセルは何があってもルーナの味方になると言ってくれたし、ルーナも彼に相応しい女性となるべく努力するつもりだ。泣き言は言っていられない。

夜会へ出席するにあたって、まず必要になってくるのはドレスの用意だ。

「お嬢さまをお披露目する場ですもの！　最高級の絹や宝石を使って、お嬢さまの美しさを最大限に引き出しましょう！」

レザン夫人は、アクセルが結婚を決めたことを誰より喜び、張りきってルーナの支度を手伝ってくれた。

王室御用達《ごようたし》のデザイナーを呼び、優秀な針子たちによってドレスが形作られていく。

そうして仕上がったのは、まるで妖精の女王が纏う衣装のように、可憐で優美なドレスだった。

「こんなに豪華な格好、衣装負けじゃないですか……!?」

何度も何度もそう確認したが、夫人も針子たちも「よく似合っている」の一点張りで、取り合ってもくれない。

(まあ、見苦しくないならいいのかしら……？)

逆にあまり地味なドレスだと、『陛下のご婚約者なのに地味だ』と悪目立ちする可能性もある。ここは、その道に慣れた夫人たちの言うことに従っておいたほうがよさそうだ。

そうしてドレスの仕立てと並行するように、ダンスやマナーの練習にも精を出した。

アクセルは、まだお披露目の段階なのだから、お辞儀をする程度でいいと言ってくれた。

けれどせっかくの彼の誕生日なのだ。ルーナも、彼の婚約者として恥ずかしくない姿で隣に立ちたかった。

普通ならば、貴族でも裕福な家庭の出身でもない娘が社交界での立ち居振る舞いを身につけるには、かなりの苦労と時間を要するだろう。

けれどルーナの場合は幼い頃、いずれ『お姫さま』になる時のためにと、ペッシェから一生懸命ダンスやマナーを学んでいた経験がある。

自分の中では子供の手習い程度の感覚でいたのだが、存外、師はしっかりと基礎を叩き込んでくれていたようだ。

教師たちも、基礎をきちんと習得しているから呑み込みが早いと、褒めてくれた。

（お師匠さまが、わたしの夢を馬鹿にせずつき合ってくれたおかげだわ……）

ルーナは心の中で、師に感謝を捧げた。

――そしてとうとう、アクセルの誕生日当日。

国王の誕生祝いというだけあって、夜会には大勢の人々が集い、グラス片手に歓談している。

ルーナは高座の袖で待機しながら、緊張しつつその様子を眺めていた。

これからルーナはアクセルの紹介の後、招待客たちに挨拶をしなければならない。

（こ、こんなにたくさんお客さまがいらっしゃるなんて）

覚悟はしていたつもりだったが、いざこうして招待客たちを目の前にすると、ついつい腰が引けてしまいそうになる。

一方のアクセルといえば、さすがに幼い頃から王族として場数を踏んでいて、堂々としたものだ。

「皆の者、私のためによく集まってくれた。今宵は是非、心ゆくまで食事やダンスを楽しんでいってほしい」

高座から貴族たちに声をかける立派な姿に、改めて惚れ惚れしてしまう。

もちろん、彼に見とれているのはルーナだけではない。大勢の女性たちがアクセルに熱視線を送っていた。

けれど彼はそうした女性たちには見向きもせず、ひときわよく響く声で告げる。

「今日は皆に、私の大切な女性を紹介しようと思う」

人々は大いにざわつき、それは誰なのかと囁き合う。

某公爵家のご令嬢か、はたまた某国の王女かと、思わず縮こまりたくなるような名前が飛び交った。

(ご、ごめんなさい！　ただの庶民です！)

そうして身体を強張らせている間にも、アクセルがまっすぐな足取りでルーナの許までやってくる。

「――緊張しているのか？」

「だ、だって、アクセルの大切なお客さまたちの前で、粗相があったらどうしようって……。それに、ちゃんと認めてもらえるかなって心配で」

あんなにたくさん予行練習をしたのだから大丈夫だと信じたいが、頭が真っ白で、お辞儀の仕方さえも忘れてしまいそうだ。

するとアクセルが俄に、ルーナの頬を指先でつついた。

「水晶の魔女ともあろう者が、どうした？　君は〝王〟に啖呵《たんか》を切《き》るほど度胸のある魔女だろう」

「うぅ……。それはそうかもしれませんけど……！」

「それに、自信を持ってくれ。今日の君はひときわ美しい。着飾ったその姿を初めて見た時、月から妖精が舞い降りたのかと思った」

大層な表現に一瞬呆気にとられた後、ルーナは緊張していたのも忘れて笑い声を上げてしまった。

「……あんなにたくさん、綺麗なご令嬢たちがいらっしゃるのに」

励ますためだとしても、少し大げさすぎないだろうか。

しかしアクセルは少し首を傾げ、やけに力強い口調で告げた。

「俺にとって一番〝綺麗なご令嬢〟は君だ。だから、もっと自信を持ってくれ。君は俺が愛する、ただ一人の女性なんだぞ」

よくもそんな台詞を恥ずかしげもなく言えるものだ。

だけどその言葉のおかげで、ルーナは自信を取り戻した。

ルーナを選んでくれたのは他でもないアクセルで、そのアクセルが、ルーナに自信を持てと言ってくれている。

ならば何も恐れることはない。堂々と彼の隣に並び立ち、招待客たちへ挨拶をしよう。

ルーナは縮こまらせていた背筋をしっかりと伸ばし、胸を張る。そしてアクセルの手を取って、高座の中央まで進み出た。

『あれはどこのご令嬢か』と囁き合う人々へ微笑みかけ、心を込めて淑女の礼をすれば、上出来だとでも言うようにアクセルが笑いかけてくれる。

彼は招待客のほうへ視線を移すと、高らかな声で宣言した。

「水晶の魔女、ルーナ・ココ嬢だ。彼女を私の婚約者——ひいては、未来の王妃とする」

誇らしげな王の発言に、人々は大いにどよめいた。

中には、その発表に眉をひそめた者もいたかもしれない。

けれど、互いに愛と信頼を持って見つめ合うふたりを前に、ほとんどの招待客たちは好意的な反応を見せたのだった。

「おめでとうございます、陛下！」

「おめでとうございます！　未来の王妃殿下！」

弾けるような拍手の渦に、気を利かせた指揮者が楽団へ合図を送る。

ヴァイオリンやチェロが奏でる祝いの音楽に、その場は完全に和やかな雰囲気に包まれた。

「――ルーナ・ココ嬢。俺とダンスを踊ってくださいませんか？」

少し気取った誘い文句と共に手を差し出され、ルーナはくすくす笑いながらその手を取る。

そうして広間の中央に進み出ると、寄り添いながらワルツのステップを踏んだ。

見つめ合い、眼差しや触れる掌の温度で互いへの愛を伝え合いながら、右へ左へゆっくりと揺れ動く。

遅れて招待客たちもダンスに興じ始めたが、それさえ気づかないほど、もう互いしか目に入っていなかった。

やがて音楽が変わる頃、ふたりの唇が触れ合う。

ふたりの未来を象徴するかのような優しく温かな口づけに、招待客たちの間でわっと歓声が上がり、広間は再び割れんばかりの拍手で溢れ返った。

◆◆◆

舞踏会でのお披露目を終え、数日が経った。

その日、ルーナは女官や護衛たちを伴い、中庭を歩いていた。

このところ結婚式の準備や王妃教育でめまぐるしい日々を送っており、アクセルとは毎日すれ違いの日々を送っている。

必要なことではあるが、少し寂しい——と思っていた矢先、彼から中庭で散歩でもしようと誘われたのだ。

『たまの息抜きも必要だから、というのは建前で、君とふたりで過ごしたいんだ』

そう言われて、断る理由なんてあるはずもない。

張りきって準備をしたルーナは、少し早めに待ち合わせの場所に辿り着いた。

「アクセルは……まだ来てないのね。少し風に当たってくるわ」

「それでは、お供を——」

「そこの噴水までだから、大丈夫」

ついてこようとする護衛を押しとどめると、ルーナはひとりで噴水の側まで行って、縁に腰かけた。

「うーん、いいお天気……！」

暖かな陽光と水のせせらぎが心地よくて、人目がないのをいいことに大きく伸びをする。

『未来の妃殿下』として必要な措置だとわかってはいるが、近頃ずっと、女官やら護衛やらが大勢側についていたため、ずっと緊張しっぱなしだったのだ。

そうしてしばらく、暖かな風を感じながらひなたぼっこをしていると、芝生を踏み分ける音と共に、あまり喜ばしくない人物がやってきた。

「——おっほん、水晶の魔女……いえ、妃殿下」

「……ソジャ男爵」

思いきりしかめ面をしてしまったが、男爵がそれに気づいた様子はない。あるいはルーナがどんな表情をしていようが、彼にとってはどうでもいいのかもしれないが。

男爵は噴水の側までやってくると、真正面からルーナを見下ろす。相変わらず、ごてごてとした派手な服装だ。

「わたしはまだ妃殿下ではありませんが……、何かご用ですか？」

我ながら愛想も小想もない声だが、相手が相手なのだから赦してほしい。一応はアクセルの臣下だから対応しているが、本当なら、今すぐこの場から立ち去りたいくらいなのだ。

　そんなルーナの気持ちを尻目に、男爵はどこか気取った様子で髪を撫でつけながら、高慢さのにじむ声で告げた。

「いや、その、以前お前――ではなくあなたさまを庵から連れ去った時のことを謝ってやろう……ではなくて、謝罪申し上げたくて、ですな」

　なるほど。舞踏会でルーナが王の婚約者として紹介されたものだから、慌てて謝罪に来たのだろう。ルーナにしてみれば、今更何を言い出すのかという気持ちだが。

（それに今、〝謝ってやろう〟って言いかけなかった？）

　呆れるルーナへ、男爵は胸から取り出した小箱を差し出す。

「あの時は私も、内務長官殿の苦悩を解決するために必死だったのです。だが後で考えてみると、あなたさまに悪いことをしてしまったと反省しましてな。これは、ほんの詫びの品です。さあ、どうぞ受け取ってください」

　ぱかりと開かれた小箱の中身は、大ぶりの宝石がいくつもついた首飾りだった。ほんの詫びの品と言うにはあまりに大仰すぎるし、ここで大人しく受け取って賄賂だのなんだのと後々騒ぎになっても困る。

「いえ、遠慮させていただきます」

　では、と足早に立ち去ろうとしたルーナだったが、次の瞬間、男爵に手首を掴まれてしまう。

「お待ちください！　この私が、誠心誠意謝っているのですぞ！」

「申し訳ありませんけど、わたしこの後用事があるんです」

男爵を振り払って再度その場を立ち去ろうとしたが、彼は手首を更に強く握りしめ、ルーナを強引にその場に押しとどめた。

さすがのルーナも、これには語気を強めてしまう。

「ちょっと！　離してよ！」

「そう邪険にせずともよいではないか！　わざわざこの私が、贈り物をしてやろうと言っているのだぞ!!」

男爵の口調も、いつの間にか尊大なものへと戻っていた。

「だから、そういうの結構です！　ってば!!」

腕に力を込め、なんとか男爵を突き飛ばしたその瞬間、事件は起こった。

弾みでバランスを崩したルーナは、勢い余って噴水の中へ投げ出されてしまったのだ。

「きゃぁぁぁっ！」

悲鳴を上げたのもつかの間、全身が冷たい水に包まれ、心臓が止まりそうになる。

ドレスが水を吸って瞬く間に重くなり、ルーナは危うく恐慌状態に陥りかけた。

(落ち着いて……！　所詮噴水よ、そんなに深くないはず……！)

それでもなんとか自分に言い聞かせたが、なぜか、どんなに足をばたつかせても一向に底につく気配がない。

（息が……苦しい……！）

口からごぼごぼ泡を吐きながら、誰かが助けてくれないだろうかと、一縷《いちる》の希望を抱いて手を伸ばした——その時だった。

水面からゆらゆらと小さな石が落ちてきて、青い光を放ち始めたのは。

（何、これ……。魔力……？　でも、なんだか懐かしいような……）

温かく優しい感覚に戸惑いながらも不思議な安堵を覚えていると、突如、柔らかい膜を隔てたようにいくつもの声と映像が頭に流れ込んできた。

——どうか、私の願いを叶えてください……。

——好きな人と両想いになれますように。

——仕事が上手くいきますように。

——息子がいつまでも、幸せに暮らせますように。

——我が弟子に、素晴らしい出会いがありますように。

老若男女、さまざまな声と姿がそれぞれの願いを紡ぐ。

そして最後に聞こえてきたのは、幼い少年の声だった。

——ずっと側にいて、僕を大切にしてくれる人と出会えますように。

（この声……！）

水の中で、ルーナは無我夢中でもがく。

やがて足が底につく感覚があり、水面から顔を出したルーナの目の前には、見覚えのある人物の姿があった。

「わあっ……大丈夫？　溺れちゃったの？」

「アクセル……？」

これは夢だろうか。

背丈はルーナが知っている彼より随分と小さく、顔立ちも幼かったけれど、間違いない。

初めて出会った時の、まだ王子だった頃の彼だと、頭で考えるより早く自然と理解する。

「お姉さん、誰？　どうして僕の名前を知ってるの？」

少年の姿をしたアクセルは、目を大きく瞬かせ、驚いたようにルーナを見つめていた。

紫色の目は僅かに潤み、目尻は赤く染まっていて、彼がたった今までひとりきりで泣いていたことが容易にわかる。

『彼女と出会ったのは、俺が十一歳の頃だ』

不意に、アクセルの言葉を思い出した。

ああ、これはきっと、その時の彼だ。

母親を亡くし、父に背を向けられた孤独感に苛まれ、まじないに縋ったという幼き日のアクセル。

『――ずっと側にいて、僕を大切にしてくれる人と出会えますように』

その切なる願いを胸に秘めたまま、彼はこれから十年以上も寂しい思いを抱えて生きるのだ。

そう思うと、胸が詰まった。

目の前の『小さなアクセル』に、ルーナがしてあげられることなんてないのかもしれない。けれど気づけばルーナは手を伸ばし、彼を抱きしめていた。そうせずにはいられなかった。

「お、お姉さん……!?」

ルーナの腕の中で幼いアクセルが慌てたような声を上げ、微かに身を捩る。その顔を覗き込むと、耳まで真っ赤に染まっていた。

大人になった彼と変わらぬ初々しい反応を可愛らしく思いながら、ルーナは紫色の瞳をまっすぐ見つめる。

自分の言葉が少しでも、彼の心の慰めとなるようにと祈りながら。

「大丈夫。あなたはひとりじゃないわ。あなたを愛する人が、いつかきっと現れる」

「……本当に？　どうしてわかるの？」

「だって、お姉さんは魔女なんだから」

未来の彼より柔らかな髪を優しく撫で、何度も何度も大丈夫だと言い聞かせる。

すると少年はルーナの腕の中でくしゃりと微笑み、洟《はな》を啜《すす》りながら言った。

「だったら僕、お姉さんみたいに優しくて、綺麗な人がいいなぁ。だってお姉さん、僕の好きな子に似てるんだもん！」

「好きな子？」

問い返すと、少年の顔がはにかむように緩む。

「一回だけしか会ったことないけど、このお庭で迷子になってた魔女見習いの女の子。すっごく可愛くて、月の妖精みたいな子だった。また会えるかなぁ」

ルーナは一瞬虚を衝かれて大きくまたたき——そして愛おしさが込み上げるままに、彼の額へそっと口づけを落とした。

「ええ。絶対に、また会えるわ。だから、もう泣かないで。信じていて。あなたの願いは、きっと叶うから」

言い終えるなり、ルーナの身体を再び青い光が包む。

驚くアクセル少年の顔が徐々に霞んでいき、やがてとうとう見えなくなったところで、ルーナの意識はぷつんと途切れたのだった。

◆◆◆

「──ナ……ルーナ！」

──どこか遠くで、アクセルの声が聞こえる。

ルーナの名を必死に呼び、懇願する彼の声が。

「ルーナ、頼む、お願いだから目を開けてくれ……！　俺をひとりに、しないでくれ……っ」

力強い腕がルーナの胸元を何度も繰り返し押したかと思えば、柔らかな唇がルーナの口を塞ぎ、気道へ呼気を吹き込む。

その合間に温かな何かが、雨のようにぽつりぽつりと降りそそいで、ルーナの頬や額を濡らしていた。

それがアクセルの涙だと気づいたのは、彼の声が震え、頼りなく霞んでいたからだ。

(泣かないで)

今すぐ手を伸ばして、彼の涙を拭いてあげたい。

ひとりになんてしないと、手を握りしめたい。

夢うつつをたゆたっていたルーナの意識は、その強い思いによって徐々に覚醒し——やがてぴくりと、指先が動いた。

「——げほっ、げほっ」

口から水を吐き出しながら、ルーナは飛び起きた。

「ルーナ！」

苦しさに背を丸めて何度も咳き込むルーナの背を、アクセルが強くさすってくれる。

ひとしきり咳き込んだ後、ルーナは口元の水を拭いながら周囲の様子に目を走らせた。

どうやら噴水の中で溺れた際に水を大量に飲み、しばらくの間、意識を失っていたようだ。

離れた場所から、女官や護衛たちが心配そうにこちらを見つめている。

そして微かに視線を上げれば、潤んだ紫色の目と視線が合った。少年時代の彼ではない。

ルーナのよく知る、大人の彼だ。

「アクセル、わたし——」

「よかった……！　君がソジャ男爵から噴水へ突き落とされたと、護衛や女官たちから聞いて……心臓が止まるかと思った」

——噴水に落ちたのはソジャ男爵だけのせいではなくルーナにも原因があるのだが、弁明はひとまず後回しでいいだろう。

しきりに自分の無事を喜ぶアクセルの顔を見つめながら、ルーナは先ほど自分が体験した不思議な出来事を思い出していた。

普通なら、気絶している間に夢を見たと思ったかもしれない。

(でも、あれは現実だった)

抱きしめた身体の温かさを、この手がはっきりと覚えている。

ルーナは確かに時を超え、幼い頃のアクセルと出会っていたのだ。

「……また、ひとりで泣いていたの?」

幼い泣き顔と今のアクセルの表情が重なり、ルーナは腕を伸ばし、彼の濡れた頬を指先でそっと拭った。

「ル、ナ」

真っ赤に充血した目が、再び潤み始めた。

逞しい腕がずぶ濡れのルーナを躊躇うことなく引き寄せ、全身で囲い込むように強く抱きしめる。

ルーナもまた彼の背に両手を回しながら、少年時代の彼に言ったのと同じ優しい口調で、囁いた。

「もう泣かないで。あなたの側には、わたしがいる。これからも、ずっと――」

ルーナが意識を取り戻した後、ソジャ男爵はアクセルからこっぴどく叱られたようだった。

もちろん、故意にルーナを噴水へ突き落としたわけではないということは、きちんとアクセルに伝えておいた。おかげで男爵は厳重注意されるのみに終わったそうだが、今後は余程の事情でもない限り、ルーナへは近づくなとしっかり釘を刺されたらしい。

国王から睨まれたとあっては、貴族社会ではやっていけない。ソジャ男爵もこれに懲りて、今後少しは大人しくなるだろう、とのことだった。

一方ルーナはというと、それから七日もの間、半強制的に寝台で過ごさざるをえなくなった。

噴水で溺れた時の後遺症を心配した、アクセルからの指示によるものだ。少し水を飲んで気絶していただけなのに大げさだと思ったが、それも愛情ゆえなのだと諭されては悪い気はしない。

アクセルがルーナに甘いように、ルーナもまた、アクセルのこととなると甘くなるのだ。

◆◆◆

──やがて七日の静養期間が明けた日の夜。

ルーナはあの日起こった不思議な出来事を、アクセルに話していた。

「──それでわたし、その男の子に言ったんです。絶対にまた会えるって。願い事は叶うから、信じていてって……」

アクセルはその話を疑うことなく、信じてくれた。

元々あの噴水は昔の魔女が作ったものだそうだから、不思議な力があってもおかしくはないのかもしれないと彼は言った。

魔女であるルーナが噴水に落ちたことでなんらかの魔力反応が起こり、過去に飛ばされたのかもしれない──と。

そういえば、とルーナはイヤリングに手をやった。

時空を超えて幼い頃のアクセルに出会えた理由に、ふと、心当たりが芽生えたのだ。

このイヤリングはペッシェの手作りで、生前彼女が常に身につけていたものだ。

師は『時空の魔女』として名高い大魔女だったし、もしかしたらこのイヤリングに、彼女の魔力の残滓がこびりついていたのかもしれない。

(もちろん、ただの仮説だけど……)

たとえそれが事実だったとしたところで、恐らくペッシェは自分の贈ったイヤリングがこんな事態を引き起こすとは考えてもいなかっただろう。

だけど結果的に彼女のおかげでアクセルとルーナが出会い、恋に落ち、将来を誓い合ったのだから『お師匠さまさま』だ。

今度墓参りに行く時は、彼女の好きだった真っ赤なデイジーの花束と、さくらんぼの酒を持っていってあげよう。

その時はアクセルも一緒に連れて行って、天国の師に紹介するのだ。

――この人が、わたしの王子さまです……と。

(きっとお師匠さまも、喜んでくれるわね)

けれどそこまでわかった上で、ルーナにはひとつ、気になることがあった。

「ということは、アクセルが小さい頃に出会った魔女ってわたし……だったんですよね？」

「ああ、そうだろうな。君の話を聞いた限り、俺の記憶とも一致する」

「でもわたし、小さかったアクセルにその……、不能になる呪いなんてかけてませんけど……」

ルーナはあの時ただ、幼いアクセルを励ましただけだ。

当然、不能になる呪いどころか、なんの魔法も使ってはいない。それなのにどうして、彼は長らく機能不全に悩まされていたのだろうか。

するとアクセルは少し気まずげに、ルーナからそっと視線を外した。そしてしばらく沈黙し続けた末、絞り出すような小さな声で言う。

「……欲情、しなかったんだ。君にしか」

「えっ」

思いもよらぬ言葉に、一瞬聞き間違いかと思った。

ぽかんとするルーナに、アクセルは気まずげに続ける。

「記憶の中にある魔女の姿があまりに綺麗で、美しくて……。自慰をする時も、君の姿を夢想しながらでなければ、絶対に勃たなかった。だから、呪いだと思い込んでしまったが……。今にして思えば、単に君《きみ》以外の女性に興味が湧かないだけだったんだ……」

「え、えぇぇ……!?」

アクセルの顔が林檎のように赤く火照っているが、ルーナの顔は恐らく、もっともっと赤いことだろう。

(つ、つまりアクセルはずっと、わ、わたしを思い浮かべて……)

自分の知らぬところで自慰の材料にされていたなんて、一体どんな顔で受け止めればいいのだろう。あまりのいたたまれなさに、ルーナはかっかと火照る顔を、とうとう両手で覆い隠してしまった。

それを泣いているとでも勘違いしたのか、途端にアクセルが慌て始める。

「ルーナ、す、すまない……! 君でいやらしい妄想をしてしまったこと、言い訳のしようもないが、どうか俺を嫌いにならないでくれ」

その慌てぶりがあまりにおかしかったものだから、ルーナはたった今まで赤くなっていたことも忘れ、ついつい笑い声を上げてしまった。

「アクセルったら、そのくらいで嫌いになるわけないでしょう？　もちろん、驚きはしましたけど……」

彼がルーナにしか欲情しなかったというのなら、それだけ長年、一途にひとりだけを想い続けたということだ。たった一度しか会ったことのない少女に似た、名前も知らない魔女を。

それだけ熱烈な一目惚れをされたのなら、女冥利に尽きるというものだ。

けれどルーナは、きちんと釘も刺しておく。

「でも、〝記憶の中のわたし〟にアクセルを取られるのは癪なので、今度からはちゃんと、現実のわたしだけを見ていてくださいね」

思い出は美化されるものだ。アクセルの中で燻《くすぶ》り続けた『思い出の魔女』への想いや執着が、『現実のルーナ』への愛情を上回ってしまっては困る。

するとアクセルはぐっと息を呑み、ルーナをがばりと抱きしめた。そしてルーナの耳元で、呻くように呟く。

「俺の婚約者が、可愛すぎる……！」

「アクセル……ふざけてるの？」

「ふざけてなどいない。本気でそう思っているんだ」

心外そうな顔を見て、ルーナはまた笑ってしまった。

小さな子供のように膨れてしまった可愛い人の機嫌を直すため、頬に唇で触れる。

アクセルはそんなルーナを少し驚いたように見つめた後、愛しくて堪らないという表情で告げた。

「——今すぐ君を寝台に引きずり込んで、全身にキスしたくなった」

なんて正直に、淫らな欲求を口にするのだろう。

思わず呆れてしまったが、この七日間アクセルと触れ合えなかったことを、ルーナも寂しく思っていたところだ。

少し挑発的な笑みを浮かべ、アクセルの肩に両手をかけながら、もう一度彼の頬に口づけを落とす。

「……キスだけでいいの？」

勇気を出した誘い文句は、緊張と羞恥で語尾が震えてしまった。けれどそんな稚拙な誘惑でも、アクセルには抜群の効果を発揮したようだ。

「いいわけが、ない」

彼は喉の奥で唸り声を上げると、急いた手つきでルーナを横抱きにし——そのまま望み通り、寝台へと直行したのだった。

たったの一週間。それでもふたりにとっては、長い一週間だった。

触れ合えなかった時間を取り戻すように、アクセルとルーナは心の赴くがままに触れ合った。

互いに競うように衣服を剝ぎ取り脱がせ合うと、寝台で上へ下へと位置を変え、もつれながらキスの雨を降らせる。

軽く触れ合う程度だった口づけはすぐに舌を絡め合う深いものとなり、ふたりは息を荒げながら互いの唇を貪った。

「ん、んぁ……っ、アクセル……好き、大好き……」

「俺も……っ、君が大好きだ……」

言いながら、アクセルはルーナの乳房を両手で掬い、薄桃色に色づいた先端を指先でこねる。時に優しく、そして時に強く。

硬くてざらついた指がもたらす緩急をつけた刺激に、快楽を覚え込まされた身体は敏感に反応し、何度もびくびくと身体を跳ねさせてしまう。

少し視線を落とせば、もっと触れてほしいとでも言うように乳房の先端が硬く立ち上がっているのが見えた。

素直な自分の反応を恥ずかしく思っている間にも、アクセルはしこった乳嘴に唇を近づけ、舌で搦め捕るように刺激する。

「あ、あ……っ」

「いい声だ。君の声は、どんな媚薬より俺を昂らせる。——もっと聞かせてくれ」

「ん、ぁ……！」

ルーナから更なる嬌声を引き出そうと彼はますます執拗にその場所を舐り始めた。

温かくぬめる舌で丹念に愛撫され、時に乳をねだるように強く吸われ、ルーナの心も身体も蜂蜜のように甘やかな快感に浸されていく。

けれど自分だけではなく彼にも同じように気持ちよくなってほしくて、ルーナは手を伸ばし、力強く隆起したそれに触れてみた。そして、その先端に口づけを落とす。

途端、アクセルが驚いたように身を引いた。

「ル、ルーナ」

「わたしも、アクセルに触りたい……」

上目遣いでねだれば、アクセルはごくりと喉を上下させ、ルーナの行為を受け入れるように身体の力を抜いた。

実はルーナがこうしてアクセルに触れるのは、初めてのことではない。これまで一度だけ、満月の日に月のものが重なったことがあったからだ。

その時は大いに慌てたが、本に記されていた『呪いを解くには体内に精を受けなければならない』という言葉を思い出し、ふと気づいた。

体内に精を受けるのならば、何もそれは膣口からでなくともよいのではないか——と。

一か八かの賭けではあったが、無事に太股の花びらが減ってルーナが生きながらえているということは、その方法でも問題なかったのだろう。

(というか、最初からそうすればよかったのかしら?)

一瞬そんなことを考えもしたが、もしその方法で呪いを解いていれば、彼と今のような関係を築くことはできなかったかもしれない。

(それに、あの時は無我夢中で、多分そんなこと考えつきもしなかったし……)

なし崩し的に彼と身体を重ねた時のことを思い出しながら、ルーナは愛おしむように熱杭にそっと両手を添えてみる。

既に先走りが零れているそれは触れると火傷しそうなほど熱く、どくどくと血管が大きく脈打っていた。

自分に触れているうちにこうなったのかと思うと愛しさが湧いてきて、ルーナは躊躇なく先端を舌で拭った。

「う……っ」

情欲に耐えるような呻き声が聞こえてきたが、それには構わず、先走りを丁寧に舐め取っていく。けれど舐める端からまた新たに透明の液体が滴ってきて、どんどん幹を伝って零れ出した。

ルーナはその液体を潤滑油として、逞しくそそり立つ熱杭を上下にしごく。

「……気持ちいい？」

「ああ、とても――」

前回、初めての口淫に精一杯だった時と違って、今のルーナには若干の余裕があった。だから、歯を食いしばってなんとか快楽を逃そうとするアクセルの様子も、手に取るようにわかる。

もっともっと彼に気持ちよくなってほしくて、ルーナはぱくりと先端を頰張った。

口内に少ししょっぱい味が広がり、溢れる液体を飲み下すため頰に力を込めると、アクセルの腰が大げさなほどに跳ねる。

「うぁ……ッ」

（……可愛い）

アクセルが普段、執拗にルーナを愛撫する理由がわかった気がする。頰を上気させ、目を潤ませながら掠れた喘ぎを零す彼の姿は、癖になりそうなほど色っぽかった。

調子に乗って、ルーナは顔を上下させて雄芯をしごく。口の中に入りきらない分は手で刺激し、幹の部分全体を愛撫した。

「あ、あ、ルーナ……もうだめだ、出る……っ」

「ん、出して……いっぱい……」

逃げようとするアクセルを押しとどめるようにひときわ強く先端を吸い上げ、射精を誘発する。そんな淫らな責め苦に、彼はたちまち上り詰めた。

「あ、あ……っ」

口の中のものがどくんと大きく脈打ち、アクセルが慌てたように腰を引いた。

口内から熱杭がずるりと引き出された瞬間、ルーナの顔に熱い液体が迸る。

欲望の証を放出したアクセルは、天井を見上げながら目元を手で覆い、食いしばった歯の隙間から獣じみた呼気を吐き出していた。

やがて呼吸が落ち着いた頃、彼は目元を赤く染めたまま、放心したように呟いた。

「君は……とんでもないな」

「それって、褒め言葉ですか？」

「褒め言葉に決まっている。とてもよかった」

そう言って笑うと、アクセルは脱ぎ捨てたシャツの端で、体液まみれになったルーナの顔を丁寧に拭った。

　そして今度は自分の番だと言わんばかりの態度でルーナをころんと引っ繰り返し、うつ伏せにさせる。背中に覆い被さりながら臀部の谷間を軽く割り開くと、濡れそぼった秘所へ己を宛てがった。

　こんな――まるで獣がつがうような体勢にさせられるのは初めてのことである。

「ま、待って……後ろから？」

「こうすると、君を抱きしめたまま挿れられるからな」

　驚きに目を瞠るルーナを尻目に、アクセルは秘裂の上で軽く自身を前後させた。

「――濡れているな。俺のを舐めながら、興奮してくれたのか？」

「つ……そんな、こと」

　反論の声が尻すぼみになったのは、図星だったからだ。

　口の中で硬さと大きさを増していくアクセルのものを舐めながら、それが自分の中を穿つ瞬間を思い、ひとりで期待をふくらませていた。

　けれどそんないやらしいことを考えていたと知られるのが恥ずかしくて、ついはぐらかしてしまう。もちろん、アクセルにはお見通しだったようだが。

「嬉しいな。君の期待に添えるよう、頑張ろう」

「が、頑張るって……」

絶句している間にも秘所同士が擦れ合う淫らな音が響き、それからすぐ、硬くなったものが蜜口に押し込まれた。

(さっき、出したばっかりなのに)

アクセルのそれはすっかり元気を取り戻し、狭い蜜口を広げている。

「あ……アっ……、アクセル……」

「逃げないでくれ、ルーナ。もう、限界なんだ」

耳朶を優しく噛みながら、アクセルが甘く掠れた声を注ぎ込む。

彼はびくりと震えるルーナの身体を背後から羽交い締めにした。それはまるで鳥を籠の中に閉じ込めるような、愛と執着を感じさせる甘い拘束だった。

逞しい腕に包まれると少し息苦しいほどだったが、こんなにも求められているのだと思うと嬉しくて堪らない。

「ん……来て、アクセル」

「つ、あぁ……」

小さな声で誘うと、アクセルが感極まったような声を上げ、ゆっくりと腰を進め始めた。

閉じていた隘路が徐々に押し広げられていき、やがて奥の奥までみっちりと満たされる。

その時胸に広がったのは、この上ない幸せと、彼に対する狂おしいまでの愛しさだった。

優しく揺さぶられながら、湧き上がる喜びのままに、ルーナはアクセルに告げた。

「アクセル、好き……心から、愛してる」

「俺も……誰より君を、愛している」

幸福を象徴するような交合はそれから長いこと続き、ふたりは共に体力が尽きるまで、互いを求め合ったのだった。

エピローグ　めでたしめでたしのその先

それから一年が経った。

ルーナは無事にアクセルと結婚式を挙げ、王妃となった。

まだまだアクセルの伴侶として覚えなければならないことはたくさんあるけれど、周囲の力を借りて、毎日一歩ずつ進んでいっている。

立場は変わったけれどアクセルとの関係はもちろん変わらないままで、相変わらずの仲のよさは、周囲から思わず微笑まれてしまうほどだ。

そして、そんな仲睦まじさを象徴するかのような発表が、つい先日行われた。

王妃ルーナの腹に、新しい命が宿ったのだ。

初めての御子が生まれるということで、国中が歓喜に沸いた。

特に父となる国王アクセルの喜びようはすさまじいものだった。ルーナがどこへ行くにも側につき従い、常に過保護なほど気遣っていると、王宮ではもっぱらの噂だ。

そんな毎日を送る中、その日、ルーナはアクセルと共に久しぶりに、噴水を訪れていた。

母子共に、無事に出産を終えられるように。そして、新しく生まれてくる子の未来が幸多きものであるようにと、噴水に願いをかけるためだ。

「寒くないか?」

「ううん、大丈夫。今日はお日さまがよく照ってるから」

アクセルに肩を抱かれながら、ルーナは噴水の中を覗き込む。

改めて見ると水底には数えきれないほど石が積もっていて、きらきらと光っていた。今日までの間にそれだけの人々が、たくさんの願いを託してきたのだろうことがわかる。

今思えばあの日、ルーナが水の中で溺れながら見聞きしたさまざまな声や映像は、噴水の魔力が記憶していた『人々の願い』の残滓だったのかもしれない。

(そういえば……)

ふと思い当たることがあった。

じっと水の中を見つめていたルーナは、その中にひときわ白い石を見つける。そしてその表面にある名前が刻まれているのを見つけ、水の中に手を突っ込んで石を摑み上げた。

「ルーナ! 風邪を引いたらどうするんだ!?」

「ごめんなさい。でも、これを見てほしくって」

慌てふためくアクセルに、ルーナは手の中の石を見せた。

そこに刻まれていたのは、先代国王の名前だ。

きっと、思いもよらぬことだったのだろう。紫色の目が、大きく見開かれる。

「父上の、石……?」

「わたし、噴水の中で溺れた日に、アクセルのお父さまの声を聞いたんです」

愕然とするアクセルに、ルーナはあの日、自分の身に起こった出来事を告げた。

水中で見た、たくさんの人々の姿。そして、大勢の声。

その中には、腕環を授与された際に一度だけ会ったことのある、先王の姿があった。

「お父さまの願いは〝息子がいつまでも、幸せに暮らせますように〟でした。とても優しいお声をなさっていましたよ」

アクセルがはっと息を呑む。

彼の父は、妻の死から立ち直れず、息子に酷い態度を取ってしまったことを、ずっと後悔していたのだろう。不器用で、謝れないまま逝ってしまったけれど、きっと息子のことを愛していたのだ。

ぎゅっと唇を結んで石を見つめるアクセルの手を、ルーナは小さな掌で握りしめる。

「アクセルはこれから、いっぱい幸せになるんです。毎年、一緒にお誕生日をお祝いしましょう。たくさん、幸せな思い出を作っていきましょう。お父さまの願いを叶えるためにも」

「ああ……。ああ、そうだな」

そう言うアクセルの声は掠れていて、目元は僅かに潤んでいたけれど、ルーナは気づかないふりをした。

そして、自分とアクセルの名前が刻まれた石を、噴水の中へ放り投げる。

(アクセルと、わたしと、お腹の中の赤ちゃん。……それに、これから増えるかもしれない家族みんな、ずっと幸せに暮らせますように)

石は空中で弧を描きながらきらきらと光を弾き、静かに水の中へ吸い込まれていった。

あとがき

ハニー文庫さんではお久しぶりです。白ヶ音雪です。

以前からずっと書いてみたかった魔女&ケンカップルもの。書いていて、とても楽しかったです。

さて、本作のイラストはDUO　BRAND．先生にご担当頂きました。

妖精のようなヒロイン・ルーナと、精悍なヒーロー・アクセルを素敵に描いていただき、本当にありがとうございます。表紙も挿絵も宝物です。

そしていつも親身になってくださる担当編集様、関係各位の皆様、本作を世に送り出して下さってありがとうございます。

最後に、この本をお手に取って下さった読者の皆様に、心から感謝申し上げます。

白ヶ音雪

白ヶ音雪先生、DUO BRAND.先生へのお便り、
本作品に関するご意見、ご感想などは
〒101-8405
東京都千代田区神田三崎町2-18-11
二見書房　ハニー文庫
「魔女の呪いは××をしないと解けません!? ～王さまとわたしのふしだらな事情～」係まで。

本作品は書き下ろしです

Honey Novel

魔女《まじょ》の呪《のろ》いは××をしないと解《と》けません!?
～王《おう》さまとわたしのふしだらな事情《じじょう》～

2022年11月10日　初版発行

【著者】白ヶ音雪《しろがねゆき》

【発行所】株式会社二見書房
東京都千代田区神田三崎町2-18-11
電話　03(3515)2311[営業]
03(3515)2314[編集]
振替　00170-4-2639
【印刷】株式会社 堀内印刷所
【製本】株式会社 村上製本所

落丁・乱丁本はお取り替えいたします。
定価は、カバーに表示してあります。

ISBN978-4-576-22152-6

https://honey.futami.co.jp/